La Farce de Maître Pathelin

Texte établi et traduit par
Michel Rousse

Dossier et notes réalisés par
Gabriella Parussa

Lecture d'image par
Isabelle Varloteaux

folioplus

classiques

Gabriella Parussa a enseigné la langue et la littérature médiévale. Elle est actuellement professeur de langue du Moyen Âge et du XVIe siècle à l'université de Paris III. Ses recherches portent surtout sur la littérature didactique et dramatique de la fin du Moyen Âge et sur l'histoire de l'orthographe. Elle a collaboré à un volume de la Pléiade consacré au théâtre du Moyen Âge.

Historienne d'art, **Isabelle Varloteaux** est actuellement attachée de conservation du patrimoine, en charge du service des collections au musée de Grenoble. Parallèlement à sa participation à des ouvrages collectifs (catalogues, dictionnaires d'histoire de l'art), elle collabore avec les Éditions Gallimard depuis 2004 dans le cadre de la collection « Folioplus classiques ».

Sommaire

Sommaire

La Farce de Maître Pathelin

ICI COMMENCE LA FARCE DE MAÎTRE PATHELIN À 5 PERSONNAGES:

MAÎTRE PIERRE
SA FEMME
LE DRAPIER
LE BERGER
LE JUGE

Action I

Sur l'aire de jeu, sont disposés, en opposition spatiale, deux tabourets d'un côté : lieu de « la maison de Pathelin », et de l'autre un étal avec quelques rouleaux d'étoffe et un tabouret : lieu du Drapier.

Scène I

PATHELIN, GUILLEMETTE

MAÎTRE PIERRE *commence* : Sainte Marie ! Guillemette, malgré mes efforts pour barboter et chiper, rien à faire, nous n'amassons rien. Il fut pourtant un temps où je faisais l'avocat.

GUILLEMETTE : Par Notre Dame, dont on a plein la bouche dans les plaidoiries, j'y songeais ; c'est que le renom de votre habileté s'est envolé. Il fut un temps où chacun voulait vous avoir pour gagner son procès ; à présent, on vous appelle partout avocat de quatre sous [1].

---

1. Dans le texte original, l'expression est *avocat dessoubz l'orme*,

PATHELIN : Je ne le dis sûrement pas pour me vanter, mais il n'y a pas, dans la contrée où nous tenons
notre permanence, de personne plus habile, hormis
le maire.

GUILLEMETTE : C'est qu'il a lu le grimoire[1] et qu'il
a été longtemps aux études.

PATHELIN : Voyez-vous quelqu'un que je ne tire
d'embarras, si je veux m'y mettre ? Et pourtant je n'ai
jamais appris le latin que bien peu ; mais j'ose me vanter que je sais aussi bien chanter au lutrin avec notre
prêtre que si j'avais été à l'école aussi longtemps que
Charlemagne en Espagne[2].

GUILLEMETTE : Et qu'est-ce que ça nous rapporte ? pas un clou ! Nous mourons tout bonnement
de faim, nos vêtements sont élimés jusqu'à la trame,
et nous sommes bien en peine de savoir comment
nous pourrions en avoir. Alors à quoi bon toute
votre science ?

PATHELIN : Taisez-vous ! Par mon âme, si je veux
faire travailler mes méninges, je saurai bien où en
trouver, des vêtements et des chaperons[3] !

S'il plaît à Dieu, nous nous en tirerons et nous

---

ce qui pourrait désigner un avocat qui attend vainement ses clients
sous un arbre situé sur la place publique.

1. *Grimoire* signifie grammaire, mais au Moyen Âge étudier la
grammaire revenait à étudier la langue latine. *Lire le grimoire* signifie donc avoir fait des études de latin ou, plus généralement,
avoir étudié des disciplines considérées comme difficiles.

2. Selon la *Chanson de Roland*, Charlemagne est resté sept ans
en Espagne.

3. Le *chaperon* est un chapeau dont les bords sont couverts
d'un bourrelet et qui est entouré d'une sorte d'écharpe que l'on
passe et noue sous le cou.

serons bientôt remis sur pied. Que diable, Dieu va vite en besogne! S'il faut que je m'emploie à faire montre de mes talents, on ne saura trouver mon égal.

GUILLEMETTE: Par saint Jacques, sûrement pas pour ce qui est de tromper: vous en êtes parfaitement maître.

PATHELIN: Par ce Dieu qui me fit naître, c'est du bel art de plaider que je parle!

GUILLEMETTE: Par ma foi, non de tromper! Je m'en rends bien compte puisqu'à vrai dire, sans instruction et sans bon sens, vous passez pour l'une des têtes les plus habiles qui soit dans toute la paroisse.

PATHELIN: Personne ne s'y connaît mieux dans l'art de plaider.

GUILLEMETTE: Mon Dieu! oui, dans l'art de tromper, c'est en tout cas votre réputation.

PATHELIN: C'est aussi celle de ceux qui sont vêtus de velours et de satin, qui prétendent qu'ils sont avocats, mais ils ne le sont point pour autant. Laissons là ce bavardage, je veux aller à la foire.

GUILLEMETTE: À la foire?

PATHELIN: Par saint Jean, oui, à la foire! Belle acheteuse, vous déplaît-il que j'achète de l'étoffe ou quelque autre colifichet qui soit utile pour notre ménage? Nous n'avons pas d'habit qui vaille.

GUILLEMETTE: Vous n'avez pas un sou: qu'allez-vous faire là-bas?

PATHELIN: Vous ne le savez pas, belle dame? Si je ne vous rapporte largement assez d'étoffe pour nous deux, alors, allez-y! traitez-moi de menteur. Quelle

couleur vous paraît la plus belle? un gris-vert? une
étoffe de brunette[1]? une autre couleur? Il faut que je
le sache.

GUILLEMETTE: Celle que vous pourrez avoir. Qui
emprunte ne choisit pas.

PATHELIN, *en comptant sur ses doigts*: Pour vous,
deux aunes[2] et demie, et pour moi, trois, ou même
quatre; ce qui fait...

GUILLEMETTE: Vous comptez large! Qui diable
vous en fera crédit?

PATHELIN: Que vous importe qui ce sera. On va
vraiment m'en faire crédit, et je paierai au jour du
Jugement dernier, sûrement pas avant!

GUILLEMETTE: Et allez donc, mon ami! de la
sorte, il sera bien attrapé.

PATHELIN: J'achèterai ou du gris ou du vert, et
pour une chemise, Guillemette, il me faut trois quarts
d'aune de brunette ou même une aune.

GUILLEMETTE: Dieu me vienne en aide, oui! Allez
et n'oubliez pas de boire si vous trouvez Jean Crédit[3].

PATHELIN, *s'éloignant*: Faites bonne garde[4]!

GUILLEMETTE: Hé Dieu, le bel acheteur! Plût à
Dieu qu'il n'y vît goutte[5]!

---

1. La *brunette* est un tissu en laine de couleur bleu foncé.
2. Une aune équivaut à 1,20 m environ.
3. Le texte en moyen français dit *Martin Garant*, c'est-à-dire
quelqu'un qui se porte garant, qui sert de caution pour un
emprunt.
4. *Gardés tout*, dit le texte original. Cette expression est fréquente et s'emploie au moment de partir, pour dire au revoir
à celui qui reste à la maison, en lui enjoignant de garder les
biens.
5. Le pronom personnel « il », dans « il n'y vît goutte! » n'a pas de

Scène 2

PATHELIN, LE DRAPIER

PATHELIN, *s'approchant* : N'est-ce pas lui là-bas ? Je n'en suis pas sûr. Mais si, c'est bien lui ! Par sainte Marie, il se mêle de vendre de l'étoffe[1] !

S'adressant à Guillaume.

Dieu soit avec vous !

GUILLAUME JOSSAUME, *drapier* : Et Dieu vous accorde la joie !

PATHELIN : Mon Dieu, que j'avais grande envie de vous voir ! Comment vous portez-vous ? La santé est-elle bonne, Guillaume ?

LE DRAPIER : Ma foi, oui.

PATHELIN : Çà, une poignée de main ! Comment ça va ?

LE DRAPIER : Eh, bien, vraiment, à votre service. Et vous ?

PATHELIN : Par l'apôtre saint Pierre, comme un homme qui vous est tout dévoué. Alors, la vie est belle ?

---

référent explicite. On ne sait donc pas si Guillemette souhaite que Pathelin devienne aveugle et ne puisse donc pas arriver à ses fins, ou bien si elle espère que le Drapier soit aveugle, c'est-à-dire suffisamment naïf pour ne pas voir les fourberies de Pathelin.

1. Cette dernière phrase ainsi que le prénom du Drapier qui sera prononcé plus loin prouvent que Pathelin connaît Guillaume et que celui-ci n'était pas drapier auparavant.

LE DRAPIER : Eh oui ! Mais pour les marchands, vous pouvez m'en croire, tout ne va pas toujours comme ils voudraient.

PATHELIN : Comment va le commerce ? Est-ce qu'il nourrit son homme ?

LE DRAPIER : Eh, Dieu me vienne en aide, mon cher maître, je ne sais. On fait aller !

PATHELIN : Ah, votre père — Dieu ait son âme ! —, quel homme savant c'était ! Sainte Vierge ! je me rends à l'évidence, c'est tout à fait vous. Qu'il était bon commerçant, et avisé ! Vous lui ressemblez de visage, par Dieu, c'est tout à fait son portrait ! Si Dieu eut jamais pitié d'une créature, qu'il accorde complet pardon à son âme[1].

LE DRAPIER : Amen, par sa grâce, et à nous aussi quand il lui plaira[2].

PATHELIN : Je vous jure qu'il m'a annoncé maintes fois et dans le détail le temps qu'on voit à présent. Je m'en suis souvenu bien des fois. Depuis lors, on le tenait pour un des meilleurs...

LE DRAPIER : Asseyez-vous, cher monsieur. Il est bien temps de vous le dire, mais ce sont là mes politesses[3].

PATHELIN : Je suis bien. Par le précieux Corps du Christ, il avait...

---

1. Par cette dernière phrase, Pathelin oblige le Drapier à faire le signe de croix en souvenir du père décédé.

2. Sous-entendu « quand il lui plaira de nous appeler à lui », c'est-à-dire au moment où nous mourrons.

3. Le Drapier s'excuse de ne pas avoir invité plus tôt Pathelin à s'asseoir. En disant *je suis ainsi gracieux* (dans le texte original), il dit, par antiphrase : « je n'ai vraiment pas été poli. »

LE DRAPIER : Allons, allons ! vous allez vous asseoir.

PATHELIN : Volontiers. « Ha, que vous verrez, me disait-il, de grandes merveilles ! » Mais je vous jure que pour les oreilles, le nez, la bouche, les yeux, jamais un enfant ne ressembla plus à son père. La fossette au menton, vraiment c'est vous, trait pour trait. Et celui qui dirait à votre mère que vous n'êtes pas le fils de votre père aurait grande envie de quereller. Non, je ne puis imaginer comment Nature en ses œuvres forma deux visages si semblables, et l'un et l'autre avec les mêmes traits. Car quoi ! si l'on vous avait crachés tous deux contre le mur ! — même maintien et même disposition —, on ne saurait vous distinguer. Dites-moi, monsieur, la bonne Laurence, votre chère tante, est-elle morte ?

LE DRAPIER : Non point.

PATHELIN : Je l'ai connue si belle, si grande, si droite et gracieuse ! Par la vénérée Mère de Dieu, vous lui ressemblez dans l'allure comme si on vous avait pétri dans la neige. Dans ce pays il n'y a, me semble-t-il, famille plus ressemblante. Plus je vous vois — Dieu ! par le Père ! vous voilà, et c'est votre père. Vous vous ressemblez comme deux gouttes d'eau, ça ne fait aucun doute. Quel bon vivant c'était, le brave homme, et ses articles, il les vendait à crédit à qui les voulait ! Dieu lui pardonne ! Il aimait toujours rire de si bon cœur avec moi. Ah, si Jésus-Christ voulait que le plus fieffé coquin de ce monde lui ressem-

---

1. L'expression « tout craché » existe en moyen français, mais ici Pathelin réélabore cette locution en y ajoutant « contre le mur », ce qui rend l'image comique en insistant sur le sens concret.

blât, on ne se pillerait pas l'un l'autre, on ne se volerait pas comme on le fait.

Il prend comme distraitement sur
l'étal une pièce d'étoffe.

Que cette étoffe-ci est bien faite ! qu'elle est moelleuse, douce et lisse !

LE DRAPIER : Je l'ai fait faire tout exprès ainsi avec la laine de mes bêtes.

PATHELIN : Ho, ho ! quel homme qui veille à tout ! Vous ne seriez pas le fils de votre père[1]… Toujours à l'ouvrage !

LE DRAPIER : Que voulez-vous ? Il faut se donner de la peine si l'on veut vivre, et être dur à la tâche.

PATHELIN : Celle-ci est-elle teinte avant tissage ? Elle est solide comme un cuir de Cordoue[2].

LE DRAPIER : C'est une très belle étoffe de Rouen[3], je vous assure, et bien travaillée.

PATHELIN : Oui vraiment, j'en suis attrapé, car je n'avais pas l'intention de prendre d'étoffe, par la Passion de Notre Seigneur, quand je suis venu. J'avais mis de côté quatre-vingts écus d'or, pour racheter une rente, mais vous en aurez vingt ou trente, je le vois bien, car sa couleur me plaît tant que j'en ai mal !

---

1. Il y a, dans le texte original, un jeu de mots intraduisible en français moderne. En effet, *Vous n'en ystriés pas de l'orine du pere* signifie littéralement « Vous ne descendriez pas de l'origine de votre père », mais le mot *orine* peut avoir aussi bien le sens d'origine que celui d'urine.

2. Le *cordoen* (texte original) est un cuir de Cordoue qui était connu pour être très solide.

3. L'étoffe de Rouen était très réputée au Moyen Âge.

LE DRAPIER : Des écus d'or, dites-vous ? Est-il possible que ceux à qui vous devez racheter cette rente acceptent d'autres pièces ?

PATHELIN : Oui, bien sûr, si je voulais. Peu m'importe comment je paie[1].

Quelle étoffe est-ce là ? Vraiment, plus je la vois et plus j'en suis fou. Il me faut en prendre de quoi faire une cotte[2] au plus tôt, et pour ma femme la même chose.

LE DRAPIER : Vraiment, l'étoffe est aussi chère que la crème[3]. Vous en prendrez si vous voulez. Dix ou vingt francs y passent si vite !

PATHELIN : Peu m'importe, votre prix sera le mien ! Il me reste encore quelques sous que ni mon père ni ma mère n'ont jamais vus.

LE DRAPIER : Dieu soit loué ! Par saint Pierre, ce ne serait pas pour me déplaire.

PATHELIN : Bref, je suis fou de cette pièce d'étoffe ; il faut que j'en prenne.

LE DRAPIER : Alors, il faut calculer combien vous en voulez avant tout. Tout est à votre disposition,

---

1. Aux XIVe et XVe siècles, on pouvait acheter ou vendre une rente, afin de mettre de côté de l'argent liquide ou d'en disposer à un moment donné. Cela ressemble au placement ou au crédit actuels, mais au Moyen Âge les transactions se font entre particuliers. La somme dont parle ici Pathelin est très importante.

2. Une *cotte* est un vêtement long pour homme et pour femme que l'on porte sous d'autres vêtements.

3. Le texte original dit *cher comme cresme* et le traducteur comprend « crème de lait ». Cette expression est pourtant attestée pour désigner quelque chose de précieux ; dans cette locution en effet le terme *cresme* signifie « le saint chrême », une huile consacrée que l'on utilise pour certains sacrements.

tout ce qu'il y a dans la pile, même si vous n'aviez pas le moindre argent.

PATHELIN : Je le sais bien, grand merci.

LE DRAPIER : Voulez-vous de cette étoffe bleu pâle ?

PATHELIN : Allons, combien me coûtera la première aune ? Dieu sera payé en premier, c'est juste. Voici un denier[1]. Ne faisons rien sans invoquer Dieu.

LE DRAPIER : Par Dieu, vous parlez en honnête homme, et m'en rendez tout heureux. Voulez-vous mon prix sans marchandage ?

PATHELIN : Oui.

LE DRAPIER : Chaque aune vous coûtera vingt-quatre sous.

PATHELIN : C'est impossible ! Vingt-quatre sous ? Sainte Vierge !

LE DRAPIER : C'est ce qu'il m'a coûté, sur mon âme ! C'est mon prix, si vous le prenez.

PATHELIN : Hé là, c'est trop !

LE DRAPIER : Ah, vous ne savez pas comme l'étoffe est devenue chère. Tout le bétail a péri cet hiver à cause du grand froid.

PATHELIN : Vingt sous ! Vingt sous !

LE DRAPIER : Eh, je vous jure que j'en aurai ce que je dis. Attendez donc samedi[2] : vous verrez ce que ça vaut. La toison, qu'on trouve d'habitude en abon-

---

1. C'est le moment où la tromperie de Pathelin réussit. Selon la coutume médiévale, avec l'offre du denier à Dieu, le marché est conclu. Le Drapier ne pourra plus revenir en arrière, il sera obligé de faire affaire avec Pathelin.

2. Samedi est le jour du marché, le jour où l'on fixe les prix des marchandises.

dance, m'a coûté, à la Sainte-Madeleine, huit blancs, parole! pour une laine que j'avais d'ordinaire pour quatre.

PATHELIN : Palsambleu, sans plus discuter, s'il en est ainsi, j'achète. Allez, mesurez.

LE DRAPIER : Hé, je vous demande combien vous en voulez?

PATHELIN : C'est facile à savoir. De quelle largeur est-elle?

LE DRAPIER : Elle est au lé de Bruxelles [1].

PATHELIN : Trois aunes pour moi, et pour elle — elle est grande… deux aunes et demie. Ce qui fait six aunes, c'est bien ça? Mais non! Que je suis sot!

LE DRAPIER : Il ne manque qu'une demi-aune pour arriver à six aunes juste.

PATHELIN : J'en prendrai six pour faire le compte rond. Aussi bien j'ai besoin d'un chaperon.

LE DRAPIER : Prenez ce bout-là, nous allons mesurer. On va les trouver ici sans discussion [2] : un, et deux, et trois, et quatre, et cinq, et six.

PATHELIN : Ventre saint Pierre, ric-rac [3]!

LE DRAPIER : Dois-je recommencer?

PATHELIN : Non, inutile, par les gogues [4]! Quand

---

1. Cela signifie que l'étoffe est large de 2,40 m.
2. L'expression « sans discussion » traduit la tournure originale *sans rabatre*. Ce qui signifie « sans faire de rabais », mais aussi « sans qu'il soit nécessaire de compter ». Le Drapier est donc sûr qu'il y a six aunes de tissu dans la pièce.
3. Pathelin signifie par là qu'il s'est rendu compte que le Drapier mesure des aunes un peu trop courtes, pour gagner un peu d'étoffe.
4. « Gogues » est la traduction du mot *longaine*, qui est proba-

on achète, il y a tantôt moins tantôt plus. À combien
se monte le tout ?

LE DRAPIER : Nous allons le savoir. À vingt-quatre
sous l'une, les six font neuf francs.

PATHELIN : Hein !

À part.

Je me fais avoir !
Ça fait six écus ?

LE DRAPIER : Mon Dieu, oui.

PATHELIN : Alors, monsieur, voulez-vous m'en faire
crédit jusqu'au moment où vous viendrez ?

*Au mot crédit, le visage du Dra-
pier se ferme.*

Non pas « faire crédit » : vous les prendrez chez
moi, en or ou en autre monnaie.

LE DRAPIER : Notre Dame ! Ça me ferait un grand
détour de passer par là !

PATHELIN : Hé ! depuis un instant, votre bouche,
par monseigneur saint Gilles, ne dit pas que des
paroles de vérité[1]. Comme c'est bien dit : « un grand
détour » ! C'est cela ! vous voudriez n'avoir jamais
l'occasion de venir prendre un verre chez moi. Eh
bien, cette fois vous y boirez.

---

blement un mot à double sens. Le sens propre, répertorié dans
les dictionnaires, est celui de « latrines, ou de chose sale en général », mais, puisqu'il s'agit de tissu, Pathelin utilise ce mot en pen-
sant peut-être à l'adjectif *longain, longaine*, qui signifie justement
« long ».

1. Pathelin fait de l'ironie. En disant que depuis un moment le
Drapier ne dit que la vérité, il lui signifie justement qu'il ment.

LE DRAPIER : Hé, par saint Jacques, je passe mon temps à boire ! J'irai, mais ce n'est pas bien de faire crédit pour la première vente, vous le savez bien.

PATHELIN : Serez-vous satisfait si pour la première vente, je vous paie en écus d'or et non pas en autre monnaie ? et en plus, vous goûterez à mon oie, par Dieu, que ma femme fait rôtir[1].

LE DRAPIER, *à part* : Vraiment, cet homme me fait perdre la tête ! Allez devant. Bon, j'irai donc et vous la porterai.

PATHELIN : Mais non, pas du tout ! Ça ne me gênera pas le moins du monde.

Il cale l'étoffe sous son bras tandis que le Drapier continue de s'y accrocher.

Là, sous mon aisselle.

LE DRAPIER : Non, laissez, il vaut mieux — ce sera plus convenable — que je la porte moi-même.

PATHELIN : Je veux qu'il m'arrive malheur à la Sainte-Madeleine, si vous prenez cette peine ! C'est très bien dit : sous l'aisselle ! Voilà qui m'y fera une belle bosse ! Ha, c'est arrangé ! il y aura de quoi boire et faire la fête chez moi avant que vous en partiez.

LE DRAPIER : Je vous prie de me donner mon argent dès que j'arriverai.

---

1. *Faire manger de l'oie* est une locution qui a un deuxième sens, métaphorique, celui de « tromper quelqu'un ». Dans le texte original, les mots à la rime *mon oye* et *monnoye* soulignent cette superposition entre l'oie que le Drapier croit pouvoir goûter et l'argent qu'il croit pouvoir obtenir quand il se rendra chez Pathelin. Or, on s'en doute, il n'aura ni l'oie ni l'argent.

PATHELIN : Bien sûr ! Hé, par Dieu, non ! Je n'en ferai rien avant que vous ayez pris un bon repas, et d'ailleurs je ne voudrais pas avoir sur moi de quoi payer. Au moins viendrez-vous goûter quel vin je bois[1]. Votre défunt père appelait en passant : « Compère ! » ou « Quelles nouvelles ? » ou « Que fais-tu ? ». Mais vous autres, les riches, vous ne faites aucun cas des pauvres gens.

LE DRAPIER : Hé, par la sambieu, les pauvres gens, c'est nous !

PATHELIN : Ouais, adieu, adieu ! Venez vite au rendez-vous et nous boirons un bon coup, je vous l'assure.

LE DRAPIER : Je vais venir. Allez devant, et payez-moi en or.

Pathelin quitte le Drapier et reste en scène.

PATHELIN : En or ? et quoi encore ? En or ? diable ! je n'ai jamais manqué à mes promesses, non ? En or ? qu'il aille se faire pendre ! Ah çà ! il ne m'a pas vendu l'étoffe à mon prix, il l'a vendue au sien, mais il sera payé au mien. Il lui faut de l'or ? Compte toujours ! Mon Dieu, je voudrais qu'il ne s'arrête pas de courir jusqu'à complet paiement. Saint Jean ! il ferait plus de chemin que d'ici à Pampelune.

LE DRAPIER, *de son côté* : Ils ne verront ni soleil ni

---

1. L'expression *venez essayer quel vin je bois* du texte original pourrait être traduite en français moderne par « venez voir de quel bois je me chauffe », pour signifier que le Drapier va enfin comprendre quelles sont les véritables intentions de Pathelin.

lune[1], les écus qu'il me donnera, de toute une année,
si on ne me les vole pas. Ah, il n'est client si madré
qui ne trouve vendeur plus rusé ! Ce trompeur-là est
bien jeunet[2], lui qui a pris à vingt-quatre sous l'aune
une étoffe qui n'en vaut pas vingt !

Scène 3

PATHELIN, GUILLEMETTE

PATHELIN, *l'étoffe dissimulée sous son vêtement* : En
ai-je ?

GUILLEMETTE : De quoi ?

PATHELIN : Qu'est devenue votre vieille robe ?

GUILLEMETTE : C'est bien le moment d'en parler !
Que voulez-vous en faire ?

PATHELIN : Rien, rien.

> *Montrant la bosse sous son vête-*
> *ment.*

En ai-je ? Je vous le disais bien.

> *Sortant l'étoffe.*

PATHELIN : Vous pouvez m'arracher un œil, s'il en a

---

1. Le Drapier veut dire par là qu'il va cacher soigneusement
l'argent qu'il espère obtenir, mais le public comprend que cet
argent ne verra ni soleil ni lune parce qu'il n'existe tout simplement pas.
2. Le texte original dit *becjaune*, le traducteur opte pour l'adjectif « jeunet » pour souligner que Pathelin n'a pas encore suffisamment d'expérience comme trompeur.

Et ça, est-ce de l'étoffe ?

GUILLEMETTE : Sainte Vierge ! Çà, par le salut de mon âme, elle provient de quelque filouterie. Dieu, qu'est-ce qui nous arrive ? Hélas, hélas, qui va payer ?

PATHELIN : Vous demandez qui va payer ? Par saint Jean, elle est déjà payée. Le marchand qui me l'a vendue n'a pas perdu la tête, ma bonne amie. Qu'on me passe la corde au cou, s'il n'est bien rincé, blanc net comme du plâtre ! Ce misérable coquin l'a dans l'os !

GUILLEMETTE : Pour combien en avez-vous ?

PATHELIN : Je ne dois rien. Elle est payée, ne vous inquiétez pas.

GUILLEMETTE : Vous n'aviez pas un sou ! Elle est payée ? avec quel argent ?

PATHELIN : Hé, palsambleu, j'en avais, madame : j'avais un parisis [1].

GUILLEMETTE : Sornettes ! Une traite ou une reconnaissance de dettes ont fait l'affaire. C'est comme ça que vous l'avez obtenue. Et quand arrivera l'échéance, on viendra, on nous saisira, et tout ce que nous avons nous sera enlevé.

PATHELIN : Palsambleu, il ne m'en a coûté qu'un denier, pour le tout.

GUILLEMETTE : *Benedicite Maria* [2] ! Un seul denier ? C'est impossible.

PATHELIN : Vous pouvez m'arracher un œil, s'il en a eu ou s'il en aura davantage, si haut qu'il puisse piailler.

---

1. Un *parisis* est une pièce de monnaie utilisée à Paris qui a la valeur d'un denier.
2. Par l'impératif latin *benedicite*, Guillemette invoque la bénédiction de la Vierge Marie.

GUILLEMETTE: Et de qui s'agit-il?

PATHELIN: C'est un Guillaume[1] du nom de Jossaume, puisque vous voulez le savoir.

GUILLEMETTE: Mais la manière de l'avoir pour un denier? Et quel jeu lui avez-vous joué?

PATHELIN: Ce fut pour le denier à Dieu. Et même, si j'avais dit «La main sur le pot[2]», avec ces mots-là, j'aurais gardé le denier. Quoi qu'il en soit, n'est-ce pas du beau travail? Il s'arrangera avec Dieu pour partager ce denier-là, si bon leur semble, car c'est bien tout ce qu'ils en auront; ils peuvent toujours chanter, crier ou brailler!

GUILLEMETTE: Comment a-t-il consenti à la donner à crédit, lui qui est un homme si intraitable?

PATHELIN: Par sainte Marie la belle, je lui ai mis une telle couche de flatteries qu'il me l'a presque donnée. Je lui disais que son défunt père était un homme si remarquable...: «Ha, lui dis-je, mon ami, que vous êtes de bonne famille! Vous êtes, dis-je, de la famille la plus honorable de la région.» Mais je prends Dieu à témoin qu'il est issu de la plus intraitable engeance, de la plus fieffée race de coquins qui soit, je crois, dans ce royaume. «Ha, dis-je, mon ami Guillaume, que vous ressemblez bien de visage comme du reste à votre bon père!» Dieu sait ce que j'ai ima-

---

1. Guillaume est un nom propre, mais il peut être utilisé comme nom commun pour désigner un homme sot et donc facile à duper.
2. Les marchands avaient l'habitude de conclure une affaire en mettant leur main sur un pot de vin. Pathelin se vante d'avoir eu la possibilité d'épargner le «denier à Dieu» et de conclure le marché sans rien dépenser du tout.

giné, et, de temps à autre, j'y glissais quelques mots sur ses étoffes. « Et puis, lui dis-je, sainte Marie ! avec quelle gentillesse il faisait crédit de sa marchandise, avec quelle simplicité ! C'est vous, lui dis-je, tout craché ! » Pourtant on aurait pu arracher les dents du vieux sapajou, son défunt père, et de son macaque de fils, avant qu'ils vous prêtent…

Faisant claquer son ongle contre ses dents.

… ça ou qu'ils sortent une parole aimable.

Mais au bout du compte, je l'ai tant pressé de paroles qu'il m'en a donné six aunes à crédit.

GUILLEMETTE : Qui, bien sûr, ne seront jamais payées ?

PATHELIN : C'est bien ce qu'il faut comprendre. Payer ? Qu'il s'adresse au diable !

GUILLEMETTE : Vous me rappelez la fable du corbeau[1] qui était perché sur une croix de cinq à six toises de haut ; il tenait un fromage dans son bec. Arrivait là un renard qui vit le fromage et qui pensa en lui-même : « Comment l'aurai-je ? » Il se mit alors sous le corbeau. « Ha, fit-il, que tu as le corps beau et comme ton chant est mélodieux ! » Le corbeau dans

---

1. Guillemette fait référence ici à la célèbre fable ésopique « Le Corbeau et le Renard ». Cet apologue était très connu au Moyen Âge, et l'auteur du *Roman de Renart* s'en était inspiré pour écrire un épisode des aventures de Renart. Dans l'une des nombreuses versions de cet apologue, le Corbeau, au lieu d'être perché sur un arbre se trouvait peut-être sur une croix en bois. Guillemette, par ce rapprochement, souligne la ressemblance entre les deux trompeurs : Renart et Pathelin.

sa bêtise, en entendant ainsi vanter son chant, ouvrit le bec pour chanter; son fromage tombe à terre; et maître Renard d'y planter les dents et de l'emporter. Il en est allé de même, j'en suis sûre, pour cette étoffe: vous l'avez piégé par la flatterie et vous l'avez attrapé à force de belles paroles, comme Renard pour le fromage. Vous l'avez pris par vos grimaces.

PATHELIN: Il doit venir manger de l'oie. Alors voici ce qu'il nous faudra faire. Je suis certain qu'il va venir brailler pour avoir promptement son argent. J'ai pensé à un bon tour: il faut que je me couche sur mon lit comme si j'étais malade. Et quand il viendra, vous direz: «Ha, parlez bas!» et vous gémirez en faisant triste visage. «Hélas, ferez-vous, il est malade, depuis six semaines ou deux mois.» Et s'il vous dit: «Ce sont des balivernes, il vient de me quitter, à l'instant!», «Hélas, ferez-vous, ce n'est pas le moment de plaisanter!», et vous me le laisserez dégoiser, car il n'obtiendra rien d'autre.

GUILLEMETTE: Par l'âme que je porte en moi, je jouerai très bien mon rôle. Mais si vous êtes repris et que justice remette la main sur vous, je crains qu'il ne vous en cuise deux fois plus que la dernière fois.

PATHELIN: Allons, taisez-vous, je sais bien ce que je fais. Il faut faire ce que je dis.

GUILLEMETTE: Pour Dieu, souvenez-vous du samedi où on vous mit au pilori[1]. Vous savez que chacun vous injuria à cause de vos tromperies.

---

1. Le pilori est un appareil placé à un endroit surélevé, auquel on attachait un condamné par un carcan au cou pour exposer publiquement son infamie.

PATHELIN : Allons, laissez ce bavardage. Il va venir d'un moment à l'autre. Il faut que cette étoffe nous reste. Je vais me coucher.

GUILLEMETTE : Allez-y donc.

PATHELIN : Et ne riez point !

GUILLEMETTE : Pas de danger ! je vais plutôt pleurer à chaudes larmes.

PATHELIN : Il nous faut tous deux garder notre sérieux, pour qu'il ne s'aperçoive de rien.

LE DRAPIER, *à son étal* : Je crois que c'est le moment de boire un verre avant de partir. Hé non, inutile. Je dois boire et même manger de l'oie, par saint Mathelin[1], chez maître Pierre Pathelin, et là je recevrai mon argent. Je vais faire là une bonne affaire[2], c'est chose sûre, à moindres frais. J'y vais, je ne peux plus rien vendre maintenant.

---

1. Saint Mathelin est une déformation populaire de saint Mathurin, le saint qui était invoqué pour guérir les fous ; ce n'est donc pas anodin si le Drapier invoque ce saint, juste au moment où il va assister à une scène de délire.
2. Le Drapier dit, dans le texte original, qu'il va *happer une prune*, c'est-à-dire « avaler un bon morceau », ce qui signifie pour lui qu'il va faire une bonne affaire ou qu'il est sur un bon coup. Mais cette même expression peut signifier aussi qu'il va essuyer une défaite, puisque le mot *prune* désigne souvent un coup en français médiéval.

Action II

Sur l'aire de jeu sont disposés, à un bout, l'étal du Drapier, et, sur le reste de la scène, les tabourets et un lit qui
sont « la maison de Pathelin ».

Scène I

LE DRAPIER, GUILLEMETTE, PATHELIN

LE DRAPIER, *devant « la maison de Pathelin »* : Ho,
maître Pierre !

GUILLEMETTE : Hélas, monsieur, par Dieu, si vous
avez quelque chose à dire, parlez plus bas.

LE DRAPIER : Dieu vous garde, madame.

GUILLEMETTE : Ho ! plus bas !

LE DRAPIER : Et qu'y a-t-il ?

GUILLEMETTE : Par mon âme...

LE DRAPIER : Où est-il ?

GUILLEMETTE : Hélas, où doit-il être ?

LE DRAPIER : Le... Qui ?

GUILLEMETTE : Ha, c'est mal dit, mon maître. Où il

est ? Hé, Dieu en sa grâce le sache ! Il garde le lit. Où il est ? Le pauvre martyr, onze semaines, sans en bouger !

LE DRAPIER : De… Qui ?

GUILLEMETTE : Pardonnez-moi, je n'ose parler haut : je crois qu'il repose. Il est un peu assoupi. Hélas, il est complètement assommé, le pauvre homme !

LE DRAPIER : Qui ?

GUILLEMETTE : Maître Pierre.

LE DRAPIER : Ouais ! n'est-il pas venu chercher six aunes de tissu à l'instant ?

GUILLEMETTE : Qui ? Lui ?

LE DRAPIER : Il en vient, il en sort, il n'y a pas la moitié d'un quart d'heure. Payez-moi, que diable ! Je perds trop de temps. Çà, sans plus de caquetage, mon argent !

GUILLEMETTE : Hé, pas de plaisanterie ! Ce n'est pas le moment de plaisanter.

LE DRAPIER : Çà, mon argent ! Êtes-vous folle ? Il me faut neuf francs !

GUILLEMETTE : Ha, Guillaume, ce n'est pas ici qu'il faut venir faire des farces ou lancer ses moqueries. Allez conter vos sornettes aux sots avec qui vous voudriez jouer.

LE DRAPIER : Je veux bien renier Dieu si je n'ai neuf francs !

GUILLEMETTE : Hélas, monsieur, tout le monde n'a pas envie de rire comme vous, ni de débiter des sottises.

LE DRAPIER : Allons, je vous en prie, sérieusement, s'il vous plaît, faites-moi venir maître Pierre.

GUILLEMETTE : Malheur à vous ! N'est-ce pas fini ?

LE DRAPIER : Ne suis-je pas ici chez maître Pierre Pathelin ?

GUILLEMETTE : Oui. Que le mal saint Mathurin — Dieu m'en préserve — s'empare de votre cerveau ! Parlez bas !

LE DRAPIER : Que le diable s'y retrouve ! N'ai-je pas le droit de le demander ?

GUILLEMETTE : Je veux m'en remettre à Dieu ! Bas ! si vous ne voulez pas qu'il se réveille.

LE DRAPIER : Quel bas voulez-vous ? à l'oreille ? ou au fond du puits ou de la cave ?

GUILLEMETTE : Hé, Dieu ! que de bavardage ! D'ailleurs vous êtes toujours comme ça.

LE DRAPIER : C'est diabolique quand j'y pense ! Si vous voulez que je parle bas, écoutez un peu : pour ce qui est de ce genre de plaisanteries, je ne m'y connais pas. Ce qui est vrai, c'est que maître Pierre a pris six aunes d'étoffe aujourd'hui.

GUILLEMETTE : Qu'est-ce que c'est que ça ? N'est-ce point fini ? Au diable tout cela ! Voyons, quel « prendre » ? Ha, monsieur, la corde pour celui qui ment ! Il est dans un tel état, le pauvre homme, qu'il n'a pas quitté le lit depuis onze semaines. Allez-vous nous débiter vos calembredaines maintenant ? Est-ce raisonnable ? Vous sortirez de ma maison, par la Passion du Christ, malheureuse que je suis !

LE DRAPIER : Vous disiez que je devais parler tout bas : sainte Vierge Marie, vous criez !

GUILLEMETTE : C'est vous qui criez, sur mon âme ! vous qui n'avez que disputes à la bouche !

LE DRAPIER : Dites, pour que je m'en aille, donnez-moi…

GUILLEMETTE : Parlez bas, voulez-vous !

LE DRAPIER : Mais c'est vous-même qui allez le réveiller ! Vous parlez quatre fois plus fort que moi, palsambleu ! Je vous demande de me payer.

GUILLEMETTE : Et de quoi parlez-vous ? Êtes-vous ivre ou avez-vous perdu la tête, par Dieu notre père ?

LE DRAPIER : Ivre ? Au diable saint Pierre ! La belle question !

GUILLEMETTE : Hélas, plus bas !

LE DRAPIER : Par saint Georges, je vous demande, madame, l'argent de six aunes d'étoffe !

GUILLEMETTE : Oui, tiens ! Et à qui l'avez-vous donnée ?

LE DRAPIER : À lui-même.

GUILLEMETTE : Il est bien en état d'acheter de l'étoffe ! Hélas, il ne bouge pas. Il n'a aucun besoin d'avoir un habit. Le seul habit qu'il revêtira sera blanc et il ne partira d'où il est que les pieds devant[1].

LE DRAPIER : C'est donc arrivé depuis le lever du soleil, car, aucun doute, je lui ai parlé.

GUILLEMETTE : Vous avez la voix si forte ! Parlez plus bas, par charité !

LE DRAPIER : Mais c'est vous, à la vérité ! vous-même qui criez, malheur de malheur ! Palsambleu, que d'affaire ! Si on me payait, je m'en irais. Par Dieu, chaque fois que j'ai fait crédit, je n'ai rien récolté d'autre.

PATHELIN, *de son lit* : Guillemette, un peu d'eau de

---

1. Guillemette laisse présager la mort prochaine de Pathelin ; celui-ci n'aura plus besoin que d'un linceul blanc et sortira de la maison les pieds devant, allongé dans une bière.

rose[1]! Relevez-moi, remontez mon dos. Trut! à qui parlé-je? la carafe! À boire! Frottez-moi la plante des pieds!

LE DRAPIER: Je l'entends là.

GUILLEMETTE: Oui.

PATHELIN: Ha, malheureuse, viens ici! T'avais-je fait ouvrir ces fenêtres? Viens me couvrir. Éloigne ces gens noirs! *Marmara! Carimari, carimara!* Éloignez-les de moi, éloignez-les!

GUILLEMETTE: Qu'y a-t-il? Comme vous vous démenez! Avez-vous perdu la raison?

PATHELIN: Tu ne vois pas ce que j'aperçois! Voilà un moine noir qui vole! Prends-le! Passez-lui une étole[2]! Au chat! Au chat! Comme il grimpe!

GUILLEMETTE: Hé, qu'y a-t-il? N'avez-vous pas honte? Par Dieu, c'est trop vous agiter!

PATHELIN: Les médecins m'ont tué avec ces drogues qu'ils m'ont fait boire. Et pourtant, il faut leur faire confiance, ils font ce qu'ils veulent!

GUILLEMETTE: Hélas, venez le voir, cher monsieur. Il souffre si horriblement!

LE DRAPIER: Est-il malade pour de vrai, depuis le moment où il est revenu de la foire?

GUILLEMETTE: De la foire?

LE DRAPIER: Par saint Jean, oui, je crois qu'il y a été. Pour l'étoffe dont je vous ai fait crédit, il m'en faut l'argent, maître Pierre.

---

1. Le texte original mentionne l'*eau rose*, un liquide très précieux que l'on utilisait en général comme huile pour le corps, mais aussi pour ranimer les malades et ceux qui s'étaient évanouis.
2. L'étole est une sorte d'écharpe que portent les prêtres.

PATHELIN : Ha, j'ai chié deux petites crottes, maître Jean, plus dures que pierre, noires, rondes comme des pelotes. Dois-je prendre un autre clystère[1] ?

LE DRAPIER : Hé, que sais-je ? Qu'en ai-je à faire ? Il me faut neuf francs, ou six écus !

PATHELIN : Ces trois morceaux noirs et effilés — les appelez-vous des pilules ? — ils m'ont abîmé les mâchoires ! Par Dieu, ne m'en faites plus prendre, maître Jean, ils m'ont fait tout rendre. Ha, je ne connais rien de plus amer[2] !

LE DRAPIER : Non point, par l'âme de mon père. Vous n'avez pas rendu mes neuf francs[3].

GUILLEMETTE : Qu'on pende par le cou des gens aussi importuns ! Allez-vous-en, par tous les diables, puisque de par Dieu c'est impossible !

LE DRAPIER : Par ce Dieu qui m'a donné la vie, j'aurai mon étoffe avant d'en finir, ou bien mes neuf francs.

PATHELIN : Et mon urine, ne vous dit-elle pas que je dois mourir ? Hélas ! Pour Dieu, même si c'est bien long, je demande à ne point passer le pas.

GUILLEMETTE : Allez-vous-en ! Hé, n'est-ce pas honteux de lui casser la tête ?

LE DRAPIER : Sacré nom de Dieu, six aunes d'étoffe, tout de suite ! Dites, est-ce convenable, franchement, que je les perde ?

---

1. Le clystère est un lavement par injection dans le rectum.
2. Le texte original présente le mot *pilloueres*, qui désigne des suppositoires. Ici Pathelin feint d'avoir avalé des suppositoires en croyant qu'il s'agissait de pilules.
3. Le Drapier reprend le verbe « rendre » utilisé par Pathelin dans son sens figuré (vomir) en lui attribuant son sens propre (restituer).

PATHELIN: Si vous pouviez amollir ma merde, maître Jean! Elle est si dure que je ne sais comment je l'endure quand elle me sort du fondement.

LE DRAPIER: Il me faut neuf francs rondement, par saint Pierre de Rome!

GUILLEMETTE: Hélas, vous torturez honteusement cet homme! Hé, comment pouvez-vous être si insensible? Vous voyez clairement qu'il s'imagine que vous êtes médecin. Hélas, le pauvre chrétien, il a assez de malheur, onze semaines, sans répit, il est resté là, le pauvre homme!

LE DRAPIER: Palsambleu, je ne sais pas comment ce mal lui est venu, car il est venu aujourd'hui et nous avons fait affaire ensemble; au moins, à ce qu'il me semble, ou alors je ne sais pas ce que ça peut être.

GUILLEMETTE: Par Notre Dame, mon bon maître, vous n'êtes pas dans votre état normal; il est bien besoin, si vous m'en voulez croire, que vous alliez vous reposer un peu. Bien des gens pourraient jaser et dire que vous venez ici pour moi. Sortez: les médecins vont venir présentement ici. Je ne tiens pas que l'on pense à mal, car pour moi je n'y pense pas.

LE DRAPIER: Sacredieu, en suis-je réduit là? Tudieu, je pensais… Un mot encore: n'avez-vous point d'oie au feu?

GUILLEMETTE: Belle question! Ha, monsieur, ce n'est pas une nourriture de malades. Mangez vos oies sans venir nous narguer. Par ma foi, vous en prenez trop à votre aise!

LE DRAPIER: Je vous prie de ne pas vous fâcher, car j'étais bien persuadé… Un mot encore…

> *Guillemette lui tourne le dos et s'en va. Le Drapier s'éloigne et s'arrête.*

Sacredieu… Bon sang ! je vais aller vérifier.

Je sais bien que je dois avoir six aunes de cette étoffe, d'une seule pièce. Mais cette femme sème le chaos dans mon esprit. Il les a eues vraiment ! Non point ! Diable, impossible de concilier tout cela. J'ai vu la mort qui vient le saisir, c'est sûr, ou bien il fait semblant.

Mais si ! il les a prises, c'est un fait, et les a mises sous son aisselle.

Par sainte Marie la vénérable, c'est non ! Je ne sais si je rêve, mais je n'ai pas l'habitude de donner mes étoffes ni en dormant ni en étant bien éveillé. Je n'en aurais fait crédit à personne, si obligé que je lui sois.

Bon sang de Dieu, il les a eues !

Morbieu, il ne les a pas eues ! J'en suis assuré !

Il ne les a pas eues ? Mais où est-ce que je vais ? Il les a eues, bon sang de la Vierge ! Malheur, corps et âme, malheur à qui, moi compris, pourrait dire qui est le mieux loti, d'eux ou de moi : je n'y vois goutte.

> *Il se dirige vers son étal.*

Scène 2

GUILLEMETTE, PATHELIN

PATHELIN : Est-il parti ?

GUILLEMETTE : Silence, j'écoute je ne sais quoi

qu'il dégoise. Il s'éloigne en grommelant si fort qu'il semble près de délirer.

PATHELIN : Ce n'est pas le moment de me lever ? Comme il est arrivé à propos !

GUILLEMETTE : Je ne sais s'il ne reviendra point... Non ! ne bougez pas encore. Notre affaire s'effondrerait, s'il vous trouvait debout.

PATHELIN : Saint Georges ! il a trouvé à qui parler, lui qui est si filou ! Voilà qui lui va mieux qu'un crucifix dans une église.

GUILLEMETTE : Oui, à une canaille comme lui jamais lard ne tomba plus à point dans les pois [1]. Ah, certes, il ne faisait jamais l'aumône le dimanche !

PATHELIN : Par Dieu, pas de rire ! S'il arrivait, ça pourrait nous attirer de gros ennuis. Je parie qu'il reviendra.

GUILLEMETTE : Ma foi, se retienne qui voudra, moi je ne le pourrais pas.

LE DRAPIER, *devant son étal* : Hé, par ce beau soleil éclatant, je vais retourner, sans souci des protestations, chez cet avocat d'eau douce. Hé, Dieu ! quel racheteur de rentes que ses parents ou ses parentes auraient vendues ! Mais, par saint Pierre, il a mon étoffe, le fourbe trompeur, je la lui ai remise ici même.

GUILLEMETTE : Quand je me souviens de la mine qu'il faisait en vous regardant, je ris ! Il était si impatient de demander...

---

1. C'est encore une fois une locution imagée qui n'existe plus en français moderne. On comprend pourtant ce qu'elle signifie et l'on pourrait la transposer par « jamais un avare n'a été aussi bien trompé que lui ».

PATHELIN : Allons, silence, étourdie ! Je renie Dieu
— non, jamais ! — s'il arrivait qu'on vous entende, le
mieux serait de prendre la fuite. Il est si teigneux !

LE DRAPIER, *revenant chez Pathelin* : Et cet avocat
picoleur[1], à trois leçons et à trois psaumes ! Hé,
tient-il les gens pour simplets ? Par Dieu, il est aussi
bon à pendre qu'un petit sou à ramasser. Il a mon
étoffe, ou je renie Dieu ! Hé, m'a-t-il joué ce tour ?

Devant chez Pathelin.

Holà ! où vous êtes-vous cachée ?

GUILLEMETTE : Mon Dieu, il m'a entendue ! J'ai
l'impression qu'il va entrer dans une rage folle.

PATHELIN : Je vais faire semblant de délirer. Allez
à la porte.

Scène 3

GUILLEMETTE, LE DRAPIER, PATHELIN

GUILLEMETTE, *allant accueillir le Drapier* : Comme
vous criez !

LE DRAPIER : Crédieu, vous riez ! Çà, mon argent !

GUILLEMETTE : Sainte Vierge ! de quoi vous imagi-
nez-vous que je rie ? Il n'y a pas plus malheureuse que

---

1. L'adjectif *potatif* du texte original a été glosé soit par « por-
tatif » (Pathelin serait un avocat provisoire comme il existe des
baillis et des évêques portatifs), soit par « putatif », un pseudo-
avocat, quelqu'un qui se prétend avocat. D'autres ont voulu
voir dans cet adjectif un dérivé de « pot » (verre à boire), d'où la
traduction « picoleur ».

moi en l'occurrence : il se meurt ! Vous n'avez jamais entendu pareille tempête, pareille frénésie. Il n'est pas sorti de son délire. Il délire, il chante, il bafouille, il embrouille toutes sortes de langues ! Il ne lui reste pas une demi-heure à vivre. Par mon âme, je ris et pleure tout ensemble.

LE DRAPIER : Je n'entends rien à ce rire ou à ces pleurs. Pour vous le dire au plus court : il faut que je sois payé.

GUILLEMETTE : De quoi ? Avez-vous perdu la tête ? Recommencez-vous vos folies ?

LE DRAPIER : Je n'ai pas l'habitude qu'on me tienne un tel langage quand je vends mon étoffe. Voulez-vous me faire prendre des vessies pour des lanternes ?

PATHELIN : Vite debout ! la reine des guitares ! Promptement ! qu'on me l'amène ! Je sais bien qu'elle vient d'accoucher de vingt-quatre guitareaux, enfants de l'abbé d'Iverneaux. Il me faut être son compère.

GUILLEMETTE : Hélas, pensez à Dieu le père, mon ami, et non à des guitares !

LE DRAPIER : Hé, quels conteurs de balivernes que ces gens ! Allons, vite ! qu'on me paie, en or ou en autre monnaie, le prix de l'étoffe que vous avez emportée.

GUILLEMETTE : Eh bien, si une fois vous vous êtes mal conduit, n'est-ce pas suffisant ?

LE DRAPIER : Savez-vous ce qu'il en est, chère amie ? J'en appelle à Dieu, je ne comprends rien à cette « mauvaise conduite » ! Mais quoi ! il faut ou rendre ou se faire pendre ! En quoi vous fais-je tort si je viens ici pour demander ce qui m'appartient ? Car, par saint Pierre de Rome...

GUILLEMETTE: Hélas, comme vous tourmentez cet homme! Certes, je vois bien à votre visage que vous n'êtes pas dans votre bon sens. Par la malheureuse pécheresse que je suis, si j'avais de l'aide, je vous ligoterais. Vous êtes complètement fou.

LE DRAPIER: Hélas, j'enrage de ne pas avoir mon argent.

GUILLEMETTE: Ha, quelle sottise! Signez-vous, *Benedicite*! Faites le signe de croix.

LE DRAPIER: Je renie Dieu si je donne jamais de l'étoffe à crédit! Quel malade!

PATHELIN

Mere de Diou, la coronade,
Par fye, y m'en voul anar,
Or renagne biou! oultre mar!
Veintre de Diou! z'en dit gigone!
Castuy ça rible et res ne done.
Ne carrillaine, fuy ta none[1]!
Qu'il ne me parle pas de l'argent!
Vous avez compris, cher cousin?

GUILLEMETTE: Il avait un oncle du Limousin; c'était le frère de sa tante. C'est, j'en suis sûre, ce qui le fait jargonner en limousinois.

LE DRAPIER: Pardi, il s'en est allé en tapinois[2] avec mon étoffe sous son aisselle.

---

1. Dans cette réplique, Pathelin imite le dialecte limousin.
2. « En tapinois » est une expression encore comprise aujourd'hui, mais très peu utilisée, qui pourrait être utilement remplacée par « en catimini ».

PATHELIN : Entrez, douce demoiselle. Et que désire cette crapaudaille ? Partez, arrière ! merdaille ! Çà, vite ! je veux devenir prêtre. Allons, le diable puisse avoir part à cette vieille prêterie[1] ! Hé, faut-il que le prêtre rie au lieu de chanter sa messe ?

GUILLEMETTE : Hélas, hélas, l'heure approche où il lui faut les derniers sacrements.

LE DRAPIER : Mais comment parle-t-il parfaitement picard ? d'où sort cette sottise ?

GUILLEMETTE : Sa mère était de Picardie ; c'est pourquoi il le parle maintenant.

PATHELIN

D'où viens-tu, face de Mardi-Gras ?
Vuacarme, lief gode man.
Etlbelic boq iglughe golan.
Henrien, Henrien, conselapen.
Ych salgneb nede que maignen.
Grile, grile, scohehonden.
Zilop, zilop, en mon que bouden.
Disticlien unen desen versen.
Mat groet festal ou truit denhersen.
En vuacte viulle, comme trie !
Cha, à dringuer, je vous en prie !
Quoi ! act semigot yaue,
Et qu'on m'y mette un peu d'eau,
Vuste vuille, pour le frimas[2] !

---

1. Le terme *prestrerie* dans le texte original est probablement un jeu de mots sur « prêtre » et « prêt », une allusion ironique aux protestations réitérées du Drapier qui parle de vente à crédit.
2. Pathelin parle ici une autre langue étrange. On a formulé l'hypothèse qu'il s'agirait de flamand ou de jargon franco-anglais.

Faites venir messire Thomas bien vite pour qu'il me confesse.

LE DRAPIER : Qu'est-ce que c'est que ça ? Il ne cessera donc de parler aujourd'hui des langues étrangères ? Si seulement il me donnait un gage ou mon argent, je m'en irais.

GUILLEMETTE : Par la Passion de Dieu, que je suis malheureuse ! Vous êtes un homme bien étrange ! Que voulez-vous ? Je ne comprends pas comment vous pouvez être à ce point obstiné.

PATHELIN : Or çà, Renouart à la massue[1] ! Bé, dia, que ma couille est poilue ! On dirait une chenille ou une abeille. Bé, parlez-moi Gabriel. Par les plaies de Dieu, qu'est-ce qui s'attaque à mon cul ? Est-ce une vache, une mouche ou un bousier ? Bé dia, j'ai le mal de saint Garbot[2] ! Suis-je des foireux de Bayeux ? Jehan Tout-le-Monde sera heureux s'il apprend que j'en suis. Bé, par saint Michel, je boirais volontiers un coup à sa santé.

LE DRAPIER : Comment peut-il supporter l'effort de tant parler ? Ha, il devient fou !

GUILLEMETTE : Celui qui fut son maître d'école était normand : il se trouve qu'à sa fin il s'en souvient. Il s'en va.

---

1. *Renouart au tiné* ou sa traduction « Renouart à la massue » désigne un personnage de chanson de geste qui se servait d'une massue comme arme.
2. Pathelin revient aux sujets scatologiques et scabreux : il parle d'abord des organes sexuels, puis du mal de saint Garbot, c'est-à-dire de la dysenterie qui avait frappé autrefois les habitants de Bayeux, appelés *foireux* dans le texte original.

LE DRAPIER : Ha, sainte Marie ! Voici le plus grand délire où je me sois jamais trouvé. Jamais je n'aurais mis en doute qu'il était à la foire aujourd'hui.

GUILLEMETTE : C'est ce que vous croyiez ?

LE DRAPIER : Saint Jacques, oui ! Mais je vois que c'est tout le contraire.

PATHELIN : Sont-ils un âne que j'entendrai braire ? Alas, alas, cousin, à moi ! Ils seront en grand émoi, le jour quand je ne te verrai pas. Il faut que je te haïrai, car tu m'as fait une grande fourberie. Ton fait, ils sont tout tromperie.

Ha oul dandaoul en ravezeie

Cortha en euf.

GUILLEMETTE : Dieu vous soit en aide !

PATHELIN

Huis oz bez ou dronc nos badou

Digaut an tan en hol madon

Empedif dich guicebnuan

Quez quevient ob dre douch ama

Men ez cahet hoz bouzelou

Eny obet grande canou

Maz rehet crux dan hol con

So ol oz merveil gant nacon

Aluzen archet epysy ;

Har cals amour ha coureisy.

LE DRAPIER : Hélas, pour Dieu, occupez-vous de lui. Il s'en va ! Comme il jargonne ! Mais que diable bafouille-t-il ? Sainte Vierge, comme il bredouille ! Par le corps de Dieu, il marmonne ses mots si bien qu'on

n'y comprend rien! Il ne parle pas chrétien ni aucun
langage connu[1].

GUILLEMETTE: C'est la mère de son père qui
venait de Bretagne. Il se meurt! Voilà qui nous indique
qu'il lui faut les derniers sacrements.

PATHELIN

Hé, par saint Gigon, tu te mens[2],
Vualx te Deu, couille de Lorraine!
Dieu te mette en bote sepmaine!
Tu ne vaulx mie une vielz nat.
Va, sanglante bote sanat!
Va, foutre! va, sanglant paillart!
Tu me refais trop le gaillart.
Par la mort bieu! Sa, vien t'en boire,
Et baille moy stan grain de poire,
Car vraiement il le mengera
Et, par saint George, il bura
A ty: que veulx tu que je die?
Dy, viens tu nient de Picardie,
Jaques! nient se sont ebobis.

---

1. Ce que dit Pathelin est tellement incompréhensible pour le
Drapier que ce dernier compare ce qui devrait être du breton à
un langage non chrétien ou inconnu : *Il ne parle pas crestïen / Ne
nul langaige qui apere.* Il s'agit là peut-être d'une forme d'ironie
sur le parler des Bretons, une langue aux sonorités si bizarres
qu'elle suscite le rire des Parisiens.
2. Il s'agit du début d'une tirade en lorrain ou en un langage
qui mélange des termes et des expressions lorraines à du français
d'Île-de-France. Cependant, au milieu de cette réplique, Pathelin
passe au latin. En parlant latin, il se moque très clairement du
pauvre Drapier. En effet, les vers latins « *Quid petit ille mercator ? /
Dicat sibi quod trufator / Ille, qui in lecto jacet, / Vult ei dare, si placet,
/ De oca ad comedendum* » signifient « Que veut ce marchand? Qu'il
se dise que ce trompeur qui est couché dans le lit veut lui donner,
si cela lui convient, de l'oie à manger. »

Et bona dies sit vobis
Magister amantissime,
Pater reverendissime.
Quomodo brulis? Que nova?
Parisius non sunt ova?
Quid petit ille mercator?
Dicat sibi quod trufator
Ille, qui in lecto jacet,
Vult ei dare, si placet,
De oca ad comedendum.
Si sit bona ad edendum.
Pete sibi sine mora.

GUILLEMETTE: Sur mon âme, il va mourir tout en parlant. Comme sa bouche écume! Ne voyez-vous pas comme il révère hautement la divinité? Sa vie s'échappe. Et moi je vais rester pauvre et malheureuse.

LE DRAPIER: Il serait convenable que je me retire avant qu'il ait passé le pas. Je pense qu'il y a peut-être des secrets dont il ne souhaiterait pas vous faire confidence devant moi à son trépas. Pardonnez-moi, mais je vous jure que je croyais, sur mon âme, qu'il avait emporté mon étoffe. Adieu, madame. Pour Dieu, veuillez me pardonner!

GUILLEMETTE: Dieu bénisse votre journée et la mienne pareillement, pauvre éplorée que je suis!

LE DRAPIER, *s'éloignant de chez Pathelin*: Par sainte Marie la gracieuse, je suis plus abasourdi que jamais! C'est le diable qui a pris l'étoffe à sa place pour me tenter. *Benedicite!* Puisse-t-il ne jamais rien entreprendre contre moi! Et puisqu'il en est ainsi, je la donne à qui l'a prise, au nom de Dieu.

Scène 4

GUILLEMETTE, PATHELIN

PATHELIN : Allons ! Vous ai-je donné une belle leçon ?

Il s'en va donc, le beau Guillaume !

Dieu, que de menues conclusions[1] bouillonnent sous son crâne ! Il va en avoir des visions cette nuit quand il sera couché !

GUILLEMETTE : Comme il s'est fait moucher ! N'ai-je pas bien joué mon rôle ?

PATHELIN : Corbleu, à vrai dire, vous vous en êtes très bien tirée. En tout cas nous avons récupéré assez d'étoffe pour faire des habits.

LE DRAPIER, *devant son étal* : Quoi ! On ne me sert que des tromperies, chacun m'emporte mes biens et prend ce qu'il peut attraper. Je suis bien le roi des jobards. Même les bergers des champs me pigeonnent. Le mien maintenant, à qui j'ai toujours fait du bien ! il a eu tort de se moquer de moi. Il faudra bien qu'il plie les genoux[2], par la Vierge couronnée !

---

1. Dans le texte original, le mot *conclusions* est utilisé avec le sens qui lui est attribué lors d'une procédure judiciaire. Il s'agit, en effet, des conclusions que l'on dépose auprès du juge avant les plaidoiries.

2. Le traducteur transpose ici la locution *venir au pié l'abbé*, qui doit signifier le fait de s'agenouiller devant l'autorité pour demander pardon et recevoir la punition.

Action III

Sur l'aire de jeu sont disposés, sur un côté, les tabourets qui sont « la maison de Pathelin », et, au milieu, un fauteuil pour le Juge et un ou deux tabourets.

Scène I

LE BERGER, LE DRAPIER

THIBAUT AGNELET, *berger* : Dieu bénisse votre journée et votre soirée, mon bon monseigneur.

LE DRAPIER : Ha, tu es là, coquin merdeux ! Quel bon serviteur ! Mais pour faire quoi ?

LE BERGER : Je ne voudrais pas vous déplaire, mais, je ne sais quel personnage en habit rayé, mon bon monseigneur, hors de lui, tenant un fouet sans corde, m'a dit… mais je ne me souviens pas bien à vrai dire ce que ça peut être. Il m'a parlé de vous, mon maître… je ne sais quelle signation[1]. Quant à moi, par sainte

_____

1. Thibaut n'a pas bien compris ce qui se passe ou bien il feint

Marie, je n'y entends que pouic[1]! Il m'a déballé, en vrac, «brebis», «à... de l'après-midi», et il m'a fait un grand tintamarre de vous, mon maître, un gros raffut.

LE DRAPIER: Si je n'arrive pas à te traîner devant le juge, je prie Dieu que le déluge s'abatte sur moi, et l'ouragan! Tu ne m'assommeras plus de bête, je te jure, sans t'en souvenir! Tu me paieras, quoi qu'il arrive, six aunes — je veux dire, l'abattage de mes bêtes et le dommage que tu m'as fait depuis dix ans.

LE BERGER: Ne croyez pas les médisants, mon bon monsieur, car, parole!...

LE DRAPIER: Et par la Vierge très honorée, tu les paieras samedi, mes six aunes d'étoffe — je veux dire, ce que tu as pris sur mes bêtes.

LE BERGER: Quelle étoffe? Ha, monseigneur, vous êtes, je crois, en colère pour autre chose. Par saint Loup[2], mon maître, je n'ose dire un mot quand je vous regarde.

LE DRAPIER: Laisse-moi en paix! va-t'en et réponds à ton assignation, si bon te semble.

LE BERGER: Monseigneur, arrangeons-nous ensemble, au nom du Ciel, sans que j'aille plaider.

LE DRAPIER: Va, ton affaire est parfaitement claire.

---

de ne pas avoir saisi le sens des paroles du sergent de justice. Il reproduit donc des mots difficiles ou jamais entendus de façon imprécise. Ainsi dit-il *ajournerie* pour *ajournement*, ce que le traducteur essaie de rendre par «signation» au lieu d'«assignation».

1. «N'entendre que pouic» est une traduction de la locution *n'entendre ne gros ne gresle*, que l'on aurait pu traduire aussi par «n'entendre rien à rien».

2. Le Berger fait appel à saint Loup, un saint qui était censé guérir de l'épilepsie.

Va-t'en ! Pas d'accord, je le jure, ni d'accommode-
ment autre que ce qu'en décidera le juge. Eh quoi ?
chacun pourra me tromper désormais, si je n'y mets
le holà.

LE BERGER : Adieu, monsieur, et bien de la joie
chez vous !

Seul.

Il faut donc que je me défende.

Scène 2

LE BERGER, PATHELIN, GUILLEMETTE

LE BERGER, *au seuil de « la maison de Pathelin »* : Y a-
t-il quelqu'un ?

PATHELIN : Une corde autour de ma gorge, si ce
n'est lui qui revient !

GUILLEMETTE : Hé, non, non, par saint Georges !
ce serait la catastrophe !

LE BERGER, *entrant* : Dieu protège cette maison et
la bénisse !

PATHELIN : Dieu te garde, l'ami. Que te faut-il ?

LE BERGER : On me prendra en défaut si je ne me
présente à mon assignation, monseigneur, à « de
l'après-midi », et, s'il vous plaît, vous y viendrez, mon
bon maître, et vous défendrez ma cause, car je n'y
entends rien, et je vous paierai très bien, quoique je
sois mal habillé.

PATHELIN : Allons, viens ici et parle. Qu'es-tu ? le plaignant ou l'accusé ?

LE BERGER : J'ai affaire à un malin — comprenez-vous bien ? — mon bon maître ; j'ai longtemps mené paître ses brebis pour lui et je les gardais. Mon Dieu, je voyais qu'il me payait petitement. Est-ce que je peux tout dire ?

PATHELIN : Oui, bien sûr. On doit tout dire à son conseiller.

LE BERGER : Il est vrai et vérité, monsieur, que je les lui ai assommées tant et si bien que plusieurs se sont évanouies plus d'une fois et sont tombées raides mortes, même si elles étaient en parfaite santé. Et ensuite je lui faisais croire, pour qu'il ne puisse m'en faire reproche, qu'elles mouraient de la clavelée[1]. « Ha, qu'il fait, sépare-la d'avec les autres, jette-la. » — « Volontiers » que je dis ! mais ça se passait d'une autre façon, car, par saint Jean, je les mangeais, moi qui savais bien leur maladie. Que voulez-vous que je vous dise ? J'ai si bien continué ce manège, je lui en ai assommé et tué tant qu'il s'en est bien aperçu. Et quand il a compris qu'il était trompé, mon Dieu ! il m'a fait épier, car on les entend crier bien fort, com-prenez-vous, quand on le fait. J'ai donc été pris sur le fait, je ne peux pas le nier ; aussi je voudrais vous prier — de mon côté je ne manque pas d'argent — que tous deux nous le prenions de court. Je sais bien que sa cause est bonne, mais vous trouverez bien

---

1. La clavelée est une maladie connue qui porte encore aujour-d'hui le même nom ; elle est due à un virus et frappe les ovidés.

une disposition qui permettra, si vous le voulez, de retourner la situation.

PATHELIN : Franchement, seras-tu bien aise — que donneras-tu ? — si je renverse le bon droit de ta partie adverse, et si l'on te renvoie absous ?

LE BERGER : Je ne vous paierai pas en sous, mais en bel or à la couronne.

PATHELIN : Alors ta cause sera bonne, fût-elle deux fois pire qu'elle n'est. Plus l'accusation est grave et plus vite je la ruine quand je veux montrer de quoi je suis capable. Comme tu vas m'entendre faire un beau cliquetis de paroles quand il aura exposé sa plainte ! Allons viens çà, j'ai une question : — par le précieux Sang, tu es assez malicieux pour comprendre la ruse — comment est-ce que l'on t'appelle ?

LE BERGER : Par saint Maur, Thibaut l'Agnelet.

PATHELIN : L'Agnelet ! Tu as chipé bien des agneaux de lait à ton maître[1] ?

LE BERGER : Pour sûr, il se peut bien que j'en aie mangé plus de trente en trois ans.

PATHELIN : Ça fait une rente de dix par an pour payer tes dés et ta chandelle[2]. Je crois que je lui damerai le pion. Penses-tu qu'il puisse trouver facilement des témoins par qui prouver les faits ? C'est le point capital du procès.

LE BERGER : Prouver, monsieur ? Sainte Marie ! par

---

1. Pathelin fait un jeu de mots sur le nom du berger, l'Agnelet, et les « agneaux de lait » qu'il a volés à son maître, le Drapier.
2. À la taverne, il fallait payer pour pouvoir emprunter les dés et la chandelle. Pathelin accuse ici le Berger d'avoir dépensé son argent au jeu.

tous les saints du Paradis, il n'en trouvera pas un mais dix tout prêts à déposer contre moi!

PATHELIN: C'est un point qui nuit considérablement à ta cause. Voici à quoi je pensais: je ne montrerai pas que je suis de ton côté ou que je t'ai déjà vu.

LE BERGER: Non? Mon Dieu!

PATHELIN: Non, absolument pas. Mais voici ce qu'il faudra faire. Si tu parles, on te coincera à chaque coup sur les divers points, et dans de telles accusations, des aveux sont très préjudiciables et nuisent en diable! Pour cette raison, voici comment s'en sortir: aussitôt qu'on t'appellera pour comparaître en jugement, tu ne répondras absolument rien d'autre que «bée!», quoi que l'on te dise. Et s'il arrive qu'on t'insulte en te disant: «Hé, puant connard, que Dieu vous accable de malheur! Canaille, vous moquez-vous de la justice?», dis: «Bée!» «Ha, ferai-je, il est simple d'esprit, il s'imagine parler à ses bêtes.» Mais, même s'ils devaient s'y casser la tête, ne laisse pas d'autre mot sortir de ta bouche! garde-t'en bien!

LE BERGER: Je suis le premier intéressé. Je m'en garderai soigneusement et je m'y conformerai très exactement, je vous le promets et je vous le jure.

PATHELIN: Alors fais bien attention! Ne fléchis pas. Et même à moi, quoi que je puisse te dire ou te proposer, ne réponds pas autrement.

LE BERGER: Moi? Non, non, sur mon âme. Dites franchement que je deviens fou si, à vous ou à quelqu'un d'autre, de quelque nom qu'on me traite, je dis aujourd'hui autre chose que le «bée» que vous m'avez appris.

PATHELIN : Par saint Jean, de la sorte on prendra ton adversaire par la grimace. Mais fais aussi que j'aie à me louer de ce que tu me donneras quand ce sera fini.

LE BERGER : Monseigneur, si je ne vous paie mot à mot ce que vous demandez, je ne mérite plus aucun crédit[1]. Mais, je vous prie, veillez attentivement à mon affaire.

PATHELIN : Par Notre Dame de Boulogne, je suis sûr que le juge est en train de siéger, car il commence toujours sa séance à six heures ou à peu près. Allons, mets-toi en route après moi, nous ne ferons pas le chemin ensemble tous deux.

LE BERGER : Voilà qui est bien trouvé : comme ça on ne verra pas que vous êtes mon avocat.

PATHELIN : Notre Dame ! À malin malin et demi, si tu ne payes largement !

LE BERGER : Par Dieu, exactement et mot à mot ce que vous demandez, monseigneur, n'ayez crainte.

Le Berger s'éloigne.

PATHELIN, *seul* : Hé, mon Dieu, même s'il ne pleut à verse, il tombe quelques gouttes. Au moins obtiendrai-je un petit quelque chose. Je tirerai bien de lui, si tout marche bien, un écu ou deux pour ma peine.

---

1. Dans le texte original, le Berger dit *si je ne vous paye a vostre mot*, ce que Pathelin interprète comme « si je ne vous donne pas ce que vous demandez comme prix », alors qu'il y a probablement un deuxième sens auquel le Berger fait allusion : « si je ne vous paie pas avec le mot que vous m'avez appris », c'est-à-dire avec le fameux *bée*.

Scène 3

LE BERGER, PATHELIN, LE DRAPIER, LE JUGE

PATHELIN, *arrivant devant le Juge*: Monsieur, que Dieu vous accorde bonne chance et tout ce que votre cœur désire.

LE JUGE: Soyez le bienvenu, monsieur. Couvrez-vous donc.

L'invitant à s'asseoir à ses côtés.

Çà, prenez place.

PATHELIN, *restant debout à l'écart*: Mon Dieu, je suis bien comme ça, avec votre permission, je suis plus à l'aise ici.

LE JUGE: S'il y a quelque affaire, qu'on en finisse vite, afin que je m'en aille.

LE DRAPIER: Mon avocat va arriver, il achève une petite chose qu'il faisait et, s'il vous plaisait, monseigneur, vous feriez bien de l'attendre.

LE JUGE: Hé diable, j'ai à faire ailleurs. Si la partie adverse est présente, expliquez-vous sans plus attendre.

Le Drapier hésite à commencer.

Alors n'êtes-vous pas le plaignant?

LE DRAPIER: Si, c'est bien ça.

LE JUGE: Où est l'accusé? Est-il présent ici en personne?

LE DRAPIER : Oui, vous le voyez là-bas qui ne dit mot, mais Dieu sait ce qu'il en pense.

LE JUGE : Puisque vous êtes tous les deux présents, formulez votre plainte.

LE DRAPIER : Voici donc ce dont je me plains. Monseigneur, c'est pure vérité que, pour l'amour de Dieu et par charité, je l'ai élevé quand il était enfant et quand j'ai vu qu'il était en âge d'aller aux champs, pour faire bref, j'ai fait de lui mon berger et l'ai mis à garder mes bêtes. Mais aussi vrai que vous êtes assis là, monseigneur le juge, il a fait un tel cataclysme de brebis et de mes moutons que sans faute…

LE JUGE, *l'interrompant* : Bon, écoutez, n'était-il pas votre salarié ?

PATHELIN : Oui, car s'il s'était amusé à l'employer sans salaire…

LE DRAPIER, *reconnaissant Pathelin* : Je suis prêt à renier Dieu si ce n'est pas vous, vraiment vous !

LE JUGE, *voyant Pathelin qui met sa main devant son visage* : Que vous tenez haut votre main ! Avez-vous mal aux dents, maître Pierre ?

PATHELIN : Oui, elles me tarabustent au point que jamais je n'ai senti une telle rage. Je n'ose lever la tête. Par Dieu, faites-les continuer.

LE JUGE : Allons, terminez votre plainte. Vite, concluez clairement.

LE DRAPIER : C'est lui et personne d'autre, vraiment ! Par la croix où Dieu fut étendu, c'est à vous que j'ai vendu six aunes d'étoffe, maître Pierre !

LE JUGE : Qu'est-ce que l'étoffe vient faire ici ?

PATHELIN : Il divague. Il s'imagine en venir au fait,

mais il ne sait plus s'en sortir parce que ce n'est pas son métier.

LE DRAPIER : Je veux être pendu si c'est un autre qui l'a emportée, mon étoffe, bon sang de bon sang !

PATHELIN : Comme le pauvre homme va chercher loin pour étoffer sa plainte ! Il veut dire — quel balourd ! — que son berger avait vendu la laine — c'est ce que j'ai compris — dont a été faite l'étoffe de mon habit, comme s'il voulait dire qu'il le vole et qu'il lui a dérobé la laine de ses brebis.

LE DRAPIER : Que Dieu me plonge dans tous les maux, si vous ne l'avez pas !

LE JUGE : Silence, de par le diable, vous dites n'importe quoi ! Hé, ne pouvez-vous revenir au fait sans retarder la cour avec de telles sornettes ?

PATHELIN : J'ai mal et il faut que je rie ! Il est déjà si embrouillé qu'il ne sait plus où il en était. Il faut que nous l'y ramenions.

LE JUGE : Allons, revenons à ces moutons[1] ! Que leur est-il arrivé ?

LE DRAPIER : Il en emporta six aunes, pour neuf francs.

LE JUGE : Sommes-nous des imbéciles ou des idiots ? Où croyez-vous être ?

PATHELIN : Bon sang, il vous fait battre la campagne ! Qu'il a l'air rustaud[2] ! Mais je conseille qu'on examine un peu sa partie adverse.

---

1. Cette expression est devenue proverbiale et l'on dit encore « Revenons à nos moutons » pour signifier « Revenons au propos principal, à ce qui nous occupait ».
2. L'expression originale *il vous fait paistre* pourrait être traduite en français moderne par « il vous mène en bateau ».

LE JUGE: Vous avez raison. Il le fréquente, il ne peut pas ne pas le connaître. Approche donc, parle.

LE BERGER: Bée!

LE JUGE: C'est trop fort! Qu'est-ce que ce «bée»? Suis-je une chèvre? Réponds!

LE BERGER: Bée!

LE JUGE: Que Dieu t'inflige une sanglante fièvre! Hé, te moques-tu?

PATHELIN: Croyez qu'il est fou ou stupide, ou qu'il s'imagine être avec ses bêtes.

LE DRAPIER, *à Pathelin*: Je renie Dieu si ce n'est vous, et personne d'autre, qui l'avez emportée, mon étoffe!

Au Juge.

Ha, vous ne savez, monseigneur, avec quelle fourberie…

LE JUGE: Hé, taisez-vous! Êtes-vous idiot? Ne parlez plus de ce détail et venons-en à l'essentiel.

LE DRAPIER: Oui, monseigneur, mais cette affaire me concerne pourtant… Par ma foi, ma bouche n'en dira plus un seul mot. Une autre fois il en ira comme il pourra. Pour l'instant je ne peux qu'avaler sans mâcher[1].

Je disais donc, pour rester dans mon sujet, que j'avais donné six aunes… je veux dire, mes brebis… Je vous en prie, monsieur, excusez-moi. Ce gentil

---

1. L'expression «avaler sans mâcher», utilisée par le Drapier pour dire qu'il ne peut pas faire autrement, pourrait être traduite par «c'est dur à avaler».

maître… mon berger, quand il lui fallait aller aux champs… Il me dit que j'aurais six écus d'or quand je viendrais… je veux dire, il y a de ça trois ans, mon berger s'engagea à me garder loyalement mes brebis et à ne m'y faire ni dommage ni mauvais tour… Et puis maintenant, il me nie tout, et l'étoffe et l'argent. Ha, maître Pierre, vraiment… Ce coquin-là me volait la laine de mes bêtes, et bien qu'elles fussent parfaitement saines, il les faisait mourir et périr en les assommant et en les frappant avec de gros bâtons sur le crâne… Quand mon étoffe fut sous son aisselle, il se mit rapidement en route, et m'invita à passer chez lui chercher six écus d'or.

LE JUGE: Il n'y a ni rime ni raison dans tout ce que vous débitez. Qu'est-ce qu'il y a? vous entrelardez votre propos d'une chose puis d'une autre. Au total, sacré bon sang, je n'y vois goutte. Il s'embrouille avec l'étoffe et vient ensuite babiller de brebis, au petit bonheur! Il n'y a aucune cohérence dans ses propos.

PATHELIN: Je suis prêt à parier qu'il retient son salaire au pauvre berger!

LE DRAPIER: Par Dieu, vous feriez mieux de vous taire! Mon étoffe, aussi vrai que la messe… — je sais mieux que vous ou un autre où le bât me blesse — Tête Dieu, vous l'avez!

LE JUGE: Qu'est-ce qu'il a?

LE DRAPIER: Rien, monseigneur. Sur mon âme, c'est le plus grand trompeur… Holà, je ne vais plus en parler si je peux, et je n'en dirai plus un mot aujourd'hui, quoi qu'il advienne.

LE JUGE: Hé, non ! et tâchez de vous en souvenir ! Allez, concluez clairement.

PATHELIN: Ce berger n'est pas en état de répondre aux faits exposés sans l'aide d'un conseiller, et il n'ose ou ne sait en demander. Si vous vouliez commander que je l'assiste, je le défendrais.

LE JUGE: Le défendre, lui ? J'ai bien peur que ce soit la dèche complète : c'est Bourse-Vide.

PATHELIN: Pour moi, je vous jure qu'aussi bien je ne veux rien lui demander. Ce sera pour l'amour de Dieu ! Je vais donc apprendre du pauvre garçon ce qu'il voudra bien me dire, et s'il saura m'éclairer pour répondre aux accusations de son adversaire. Il aurait du mal à se sortir de cette histoire si on ne lui venait pas en aide.

Au Berger.

Approche, mon ami. Si on pouvait trouver...

> *Le Berger regarde ailleurs et feint de ne pas entendre...*

Tu comprends ?

LE BERGER: Bée !

PATHELIN: Quoi « bée », crénom[1] ? Par le saint sang que Dieu versa, es-tu fou ? Dis-moi ton affaire.

LE BERGER: Bée !

PATHELIN: Quoi « bée » ? Entends-tu tes brebis bêler ? C'est pour ton bien, comprends-le.

---

1. Cette exclamation est l'abréviation atténuée du juron « sacré nom de Dieu ».

LE BERGER : Bée !

PATHELIN : Hé, dis au moins «oui» ou «non»!

Tout bas, au Berger.

Très bien. Continue !

À haute voix.

Parleras-tu ?

LE BERGER : Bée !

PATHELIN, *tout bas, au Berger* : Plus fort !

À haute voix.

Sinon ça te coûtera cher, je le crains.

LE BERGER : Bée !

PATHELIN : Allons, il faut être encore plus fou que ce fou congénital pour lui faire un procès ! Ah, monsieur, renvoyez-le à ses brebis ! Il est fou de naissance.

LE DRAPIER : Il est fou ? Par le saint Sauveur des Asturies, il est plus avisé que vous tous !

LE JUGE : Envoyez-le garder ses bêtes, et sans autre convocation. Qu'il ne revienne jamais ! Maudit soit qui assigne ou fait assigner en justice de tels fous !

LE DRAPIER : Hé, le renverra-t-on avant que je puisse être entendu ?

LE JUGE : Mon Dieu, étant donné qu'il est fou, oui. Pourquoi ne le renverrait-on pas ?

LE DRAPIER : Hé diable, monsieur, laissez-moi au moins parler auparavant et présenter mes conclusions. Il ne s'agit dans mes propos ni de tromperies ni de moqueries.

LE JUGE: C'est ennui sur ennui que de faire un procès à des fous ou à des folles! Écoutez. En peu de mots: le tribunal ne siégera pas plus longtemps.

LE DRAPIER: Vont-ils partir sans être tenus de revenir?

LE JUGE: Et quoi donc?

PATHELIN: Revenir? Vraiment, vous n'avez jamais vu plus fou; inutile de rétorquer. Quant à l'autre, il n'a pas une once de bon sens, il ne vaut pas mieux. Tous les deux sont fous et n'ont rien dans la cervelle. Par sainte Marie la belle, à eux deux ils n'en ont pas un carat!

LE DRAPIER: Vous l'avez emportée par tromperie, mon étoffe, sans payer, maître Pierre. Sacrebleu, je ne suis qu'un pauvre pécheur! Ce n'était pas agir en honnête homme.

PATHELIN: Je renie saint Pierre de Rome s'il n'est complètement fou, ou en train de le devenir!

LE DRAPIER: Je vous reconnais à votre voix, et à votre habit, et à votre visage. Je ne suis pas fou et je suis assez avisé pour reconnaître qui me veut du bien.

Au Juge.

Je vous conterai toute l'affaire, monseigneur, sur ma conscience!

PATHELIN, *au Juge*: Hé, monsieur, imposez-leur silence!

Au Drapier.

N'avez-vous pas honte de tant chicaner ce berger? Pour trois ou quatre vieilleries de brebis ou de moutons qui ne valent pas deux clous, vous en faites une litanie plus longue...

LE DRAPIER: Quels moutons? C'est une vraie ritournelle! C'est à vous en personne que je m'adresse, et vous la rendrez, par le Dieu qui voulut naître à Noël.

LE JUGE: Voyez-vous! Me voici bien loti! Il ne va pas cesser de brailler.

LE DRAPIER: Je lui demande...

PATHELIN: Faites-le taire. Hé, par Dieu, c'est trop caqueter! Supposons qu'il en ait tué six ou sept ou une douzaine, et qu'il les ait mangés: bon sang, vous en êtes bien lésé! Vous avez gagné bien plus pendant qu'il vous les a gardés.

LE DRAPIER: Regardez, monsieur, regardez! je lui parle étoffe et il répond moutons. Six aunes d'étoffe! Où sont-elles? Vous les avez mises sous votre aisselle! Ne pensez-vous point me les rendre?

PATHELIN: Ha! monsieur, le ferez-vous pendre pour six ou sept bêtes à laine? Reprenez vos esprits, ne soyez pas impitoyable pour le pauvre berger accablé, qui est nu comme un ver.

LE DRAPIER: Voilà qui est changer de sujet! C'est bien le diable qui me fit vendre de l'étoffe à un tel roublard. Voyons, monseigneur, je lui demande...

LE JUGE: Je l'absous de votre plainte et vous interdis de poursuivre le procès. Quel bel honneur que de plaider contre un fou!

Au Berger.

Retourne à tes bêtes!

LE BERGER: Bée!

LE JUGE, *au Drapier*: Vous montrez bien ce que vous êtes, monsieur, par le sang de la Vierge!

LE DRAPIER: Hé! voyons, monseigneur, sur mon âme, je veux lui…

PATHELIN: Ne pourrait-il se taire?

LE DRAPIER: Mais c'est à vous que j'ai affaire! Vous m'avez trompé par votre fausseté, et vous avez emporté furtivement mon étoffe, grâce à vos belles paroles.

PATHELIN: J'élève la plus ferme protestation! Hé, l'entendez-vous bien, monseigneur?

LE DRAPIER: Grand Dieu, vous êtes le plus grand des trompeurs!

Au Juge.

Monseigneur, je veux dire…

LE JUGE: Nous sommes en pleine bouffonnerie avec vous deux, en pleine chamaillerie. Grand Dieu, je suis d'avis de m'en aller.

Au Berger.

Va-t'en, mon ami. Ne reviens jamais plus, même si un sergent te convoque. La cour t'absout, comprends-tu bien?

PATHELIN: Dis: « merci beaucoup ».

LE BERGER: Bée!

LE JUGE: Je dis bien: va-t'en, ne t'inquiète pas, c'est inutile!

LE DRAPIER: Est-il normal qu'il s'en aille comme ça?

LE JUGE : Hé, là ! j'ai à faire ailleurs. C'est vraiment trop vous moquer. Vous ne me ferez pas rester davantage, je m'en vais. Voulez-vous venir souper avec moi, maître Pierre ?

PATHELIN : Je ne puis.

Le Juge s'éloigne.

Scène 4

LE BERGER, PATHELIN, LE DRAPIER

LE DRAPIER : Ha, que tu es un rusé larron ! Dites, ne serai-je point payé ?

PATHELIN : De quoi ? Êtes-vous dérangé ? Mais qui croyez-vous que je sois ? Bon sang de moi, je me demandais pour qui vous me prenez.

LE DRAPIER : Bée, là !

PATHELIN : Cher monsieur, contrôlez-vous. Je vais vous dire, sans plus attendre, pour qui vous vous imaginez me prendre : n'est-ce point pour Écervelé[1] ? *(Il ôte son chaperon.)* Regarde ! que non, il n'a pas le crâne chauve comme moi.

LE DRAPIER : Voulez-vous me prendre pour un imbécile ? C'est vous en personne, vous de vous ! c'est bien le son de votre voix, n'allez pas croire autre chose.

PATHELIN : Moi de moi ? Vraiment pas, non. Ôtez-

---

1. Écervelé était probablement le nom d'un personnage de farce ou de moralité bien connu du public.

vous ça de la tête. Ne serait-ce pas Jean de Noyon[1] ? Il me ressemble, il a la même taille.

LE DRAPIER : Hé diable, il n'a pas le visage si aviné[2] ni si pâle ! Ne vous ai-je pas laissé malade à l'instant, dans votre maison ?

PATHELIN : Ha, la belle explication que voilà ! Malade ! Et de quelle maladie ? Avouez votre sottise, elle est à présent bien claire.

LE DRAPIER : C'est vous, ou je renie saint Pierre ! vous et personne d'autre, je le sais bien, c'est la pure vérité !

PATHELIN : N'en croyez rien, car ce n'est certainement pas moi. Je ne vous ai jamais pris une aune ou la moitié d'une aune, je n'ai pas cette réputation.

LE DRAPIER : Ha, çà ! je vais voir dans votre logis, sacré bon sang, si vous y êtes. Nous n'aurons plus à nous casser la tête ici, si je vous trouve là-bas.

PATHELIN : Par Notre Dame, c'est cela ! De cette façon vous le saurez bien.

Le Drapier s'en va.

---

1. Jean de Noyon est probablement un autre personnage de théâtre qui appartient au type du sot ou du niais.
2. Dans le texte original, on trouve encore une fois l'adjectif *potatif*, utilisé ici pour désigner une caractéristique du visage. On peut effectivement penser que le sens qui convient le mieux ici est celui d'«aviné ».

Scène 5

LE BERGER, PATHELIN

PATHELIN, *s'approchant du Berger*: Dis, Agnelet.

LE BERGER: Bée!

PATHELIN: Approche, viens. Ton affaire est-elle bien réglée?

LE BERGER: Bée!

PATHELIN: La partie adverse est partie, ne dis plus «bée», c'est inutile. L'ai-je bien emberlificotée? Ne t'ai-je pas conseillé de belle façon?

LE BERGER: Bée!

PATHELIN: Hé, dis, on ne t'entendra pas. Parle sans crainte, ne t'inquiète pas.

LE BERGER: Bée!

PATHELIN: Il est temps que je m'en aille. Paie-moi.

LE BERGER: Bée!

PATHELIN: Pour dire la vérité, tu as été excellent dans ton rôle; excellente aussi la mine que tu faisais. Ce qui l'a achevé, c'est que tu t'es retenu de rire.

LE BERGER: Bée!

PATHELIN: Quoi, «bée»? Il n'est plus besoin de le dire. Paie-moi bien et gentiment.

LE BERGER: Bée!

PATHELIN: Quoi, «bée»? Parle normalement et paie-moi, je m'en irai.

LE BERGER: Bée!

PATHELIN: Sais-tu quoi? je vais te le dire: je te

prie, cesse de brailler et pense à me payer. Je ne veux plus de tes bêlements. Paie-moi vite !

LE BERGER : Bée !

PATHELIN : Te moques-tu ? Est-ce là tout ce que tu feras ? Bon sang, tu me paieras, comprends-tu ? si tu ne t'envoles pas. Çà, l'argent !

LE BERGER : Bée !

PATHELIN : Tu veux rire ! Comment ? N'en tirerai-je rien d'autre ?

LE BERGER : Bée !

PATHELIN : Tu en rajoutes[1] ! Hé, à qui crois-tu vendre tes sornettes ? Sais-tu ce qu'il en est ? Cesse désormais de me débiter ton «bée» et paie-moi !

LE BERGER : Bée !

PATHELIN, *à part* : N'en tirerai-je rien d'autre, pas d'argent ?

Au Berger.

De qui crois-tu te moquer ? Moi qui devais être si content de toi ! Fais donc en sorte que je sois content de toi.

LE BERGER : Bée !

PATHELIN : Me fais-tu manger de l'oie[2] ? Sacrebieu ! ai-je vécu jusque-là pour qu'un berger, un

---

1. Il est dommage ici que l'on ne puisse garder dans la traduction l'expression originale *tu fais le rimeur en prose*. Peut-être pourrions-nous traduire cette expression par «ne fais pas le malin». Pathelin accuse le Berger de s'essayer à un exercice trop difficile pour lui : celui de tromper quelqu'un de rusé.
2. Pathelin utilise la locution que les spectateurs ont déjà entendue dans son sens figuré, et veut affirmer : «Réussiras-tu à me tromper ? »

mouton en habit, un paillard rustaud se moque de moi ?

LE BERGER : Bée !

PATHELIN, *à part* : N'en tirerai-je rien d'autre, pas un mot ?

Au Berger.

Si tu le fais pour te divertir, dis-le, et ne me laisse pas en discuter plus longtemps. Viens-t'en souper à la maison.

LE BERGER : Bée !

PATHELIN : Par saint Jean, tu as raison. Les oisons mènent les oies paître ! Je me targuais de l'emporter sur tout le monde et être le maître des trompeurs d'ici et d'ailleurs, des aigrefins et des bailleurs de monnaie de singe, à solder au jour du Jugement dernier. Et un berger des champs me surpasse ! Par saint Jacques, si je trouvais un bon sergent, je te ferais prendre !

LE BERGER : Bée !

PATHELIN : Heu ! « Bée » ! Je veux bien être pendu si je ne vais requérir un bon sergent ! Et malheur à lui s'il ne t'emprisonne !

Pathelin sort.

LE BERGER : S'il me trouve, je lui pardonne !

Le Berger s'enfuit.

Du tableau

au texte

Isabelle Varloteaux

Du tableau au texte

L'Escamoteur
de Jérôme Bosch

… Un bateleur de foire attire les chalands…

Au XVe siècle, l'ancienne ville de Hertogenbosch (aujourd'hui Bois-le-Duc), une des plus grandes du duché de Brabant, est connue pour sa grande piété. Elle recense plus de mille religieux. Dans ce contexte social épris de religion s'inscrit une population importante d'artisans et d'artistes qui, pour beaucoup, travaillent à la réalisation ou au décor des trente églises édifiées dans la cité. La famille Van Aken, dont l'un des fils, Jheronimus (1450-1516), deviendra le célèbre peintre que l'on sait, fait partie de ce petit monde, comme en témoignent les archives de la ville en 1474. Très vite reconnu pour son art particulièrement original et expressif, Jheronimus voit croître sa renommée. Très tôt, ses œuvres sont copiées pour répondre à la demande croissante d'une clientèle érudite. Ainsi celui que l'on disait être «l'inventeur très noble et admirable de choses fantastiques et bizarres» (1567) s'est-il affirmé dans l'histoire de l'art pour devenir Jérôme Bosch, du nom de sa ville natale.

Parmi les nombreux tableaux peints par l'artiste, *L'Escamoteur*, également nommé *Le Tricheur, Le Jon-*

gleur ou *Le Charlatan*, donne à voir une réelle escro-
querie. Un bateleur de foire attire les chalands avec
une manipulation de noix de muscade sous des
godets, tandis que son complice palpe avec jubila-
tion la bourse qu'il est en train de dérober à un personnage éberlué.

Il est intéressant de tisser un ensemble conver-
gent d'idées et de notions entre ce tour de magie
illustré par le tableau de Jérôme Bosch et la pièce de
théâtre *La Farce de Maître Pathelin*. En effet, peinte
entre 1496 et 1502, cette œuvre stigmatise la crédulité, tout comme la pièce publiée vers 1490 renvoie
à la dénonciation de la sottise et de la duperie.

... *une critique de la pratique religieuse...*

Quoique d'origines différentes, ces deux œuvres
contemporaines l'une de l'autre s'inscrivent dans
un courant de pensée particulièrement important
en cette fin d'époque médiévale. Fortement impré-
gnée de spiritualité, cette période riche en décou-
vertes (le continent américain, l'imprimerie...) voit
s'affirmer une critique de la pratique religieuse telle
qu'elle est enseignée par le corps ecclésiastique.
Désormais, l'individu est invité à prendre personnellement en main le destin de son âme sans le
confier exclusivement aux prêtres. La dévotion simple
et personnelle est valorisée au détriment des usages
reconnus jusqu'alors. On parle d'une foi nouvelle,
la *Devotio moderna*.

Certains auteurs comme Sébastien Brant (1458-
1521) ou Érasme (1469-1536) illustrent ce nouveau
chemin de pensée. Ils se sont plu à mettre en évi-

dence dans leurs écrits, *La Nef des fous* et *Éloge de la folie*, les embûches qui, tout au long de la vie, empêchent l'homme de trouver son salut. Chacun à sa façon dénonce les faiblesses humaines. Brant fustige tous les représentants de la société : hommes, femmes, enfants, pauvres, riches, nobles, bourgeois, artistes, comédiens, explorateurs... Érasme, en donnant la parole à la folie, condamne les maux qui rongent l'humain, du plus faible au plus nanti : le narcissisme, la flatterie, la paresse, le plaisir, l'étourderie, l'irréflexion, la tromperie...

Jérôme Bosch, dans la vie duquel la religion tint une grande place — il a appartenu à la confrérie de Notre-Dame jusqu'à sa mort, donne une large importance dans son œuvre à la notion de péché et de folie. Il participe ainsi à l'interprétation de ce renouveau religieux qui doit permettre à l'individu de se juger lui-même pour progresser sur la voie du salut. Pour le peintre, la bêtise humaine fait du monde un enfer.

... une certaine forme d'enseignement...

Dans le tableau *L'Escamoteur*, le prétexte d'une scène de rue nous ramène à une certaine forme d'enseignement. Au-delà de la recommandation destinée au citadin face au risque de se faire dépouiller de son argent lors d'un rassemblement populaire, l'artiste illustre la sottise et la ruse. En cela, l'œuvre rejoint *La Farce de Maître Pathelin* qui, sous couvert de divertir le public, met en évidence sur fond de moralité les travers de l'homme.

Un mur à la tonalité sombre, couronné de végétation et d'un oculus (ouverture circulaire) sur la gauche, sert de décor à la scène. Celle-ci se déroule en plein air, mais dans un espace clos qui symbolise la ville. Sur la gauche de la composition est représenté un groupe de dix personnages aux costumes variés et colorés, « un gris-vert ? une étoffe de brunette ? une autre couleur ? ». Face à eux, une table et un magicien en train de faire un tour. Il s'agit du jeu des « muscades et gobelets » pratiqué dès l'Antiquité dans l'Égypte ancienne (2500 ans avant J.-C.) et dont une description fut faite plus tard, en 250 après J.-C., par le rhéteur grec Alciphiron.

L'usage de la magie au Moyen Âge permettait au prestidigitateur (du latin *presto digiti* : « doigts agiles ») de regrouper des badauds pour leur vendre ensuite des marchandises. Le tour de magie fait écho à la représentation théâtrale de *La Farce de Maître Pathelin* qui se tenait en pleine rue sur des tréteaux. On peut imaginer la prestation comique se dérouler à ciel ouvert, les comédiens usant d'un vocabulaire trivial — « Et que désire cette crapaudaille ? Partez, arrière ! merdaille ! » — et d'artifices souvent voyants — « il faut que je me couche sur mon lit comme si j'étais malade » — pour partager avec le public et à travers une fiction une certaine image du monde.

... Le peintre a choisi de traduire la variété humaine...

Le public, composé de toutes les strates sociales, comme le montre l'œuvre de Jérôme Bosch, se trouve ainsi rassemblé pour rire de l'illusion qui lui est présentée ou des farces qui lui sont jouées par les saltimbanques. Le peintre a choisi de traduire la variété humaine, représentant le public par divers costumes variés aux couleurs chaudes et lumineuses. Les visages aux tonalités claires sont autant de petites taches de lumière qui viennent animer la composition. L'ensemble est très hiératique, chaque personnage se tenant droit sur place. Seul le dos voûté de l'homme berné rompt avec la verticalité des manteaux et des plis des étoffes. Ce contraste accentue l'idée d'un mouvement de plongeon sur la large table de couleur merisier tandis qu'un jeune enfant l'examine en contre-plongée ; la scène est construite autour de ce meuble. Quelques menus objets y sont disposés, dont les fameux godets magiques. Elle s'inscrit de façon imposante au centre du tableau, objet qui sépare le monde des naïfs de celui des menteurs. C'est à ce monde de tromperie et d'illusion, réprimé par le clergé, qu'appartiennent les acrobates, jongleurs, comédiens et magiciens. Un chien cagoulé et muni d'une ceinture de grelots semble monter la garde aux pieds de son maître l'escamoteur. La puissance chromatique des personnages de chaque côté de la table contribue à équilibrer le tableau et à le rendre particulièrement harmonieux au-delà de la scène de fourberie qu'il illustre.

… Être dupé par plus rusé que soi…

Le magicien de Jérôme Bosch, dans sa longue robe rouge et chapeauté de noir, s'adresse à un homme en particulier. Ce dernier, le buste penché sur la table, laisse échapper de sa bouche une grenouille. Cet animal, comme le serpent de l'expression

« avaler des couleuvres », illustre la tromperie. Le bateleur, en faisant avaler des grenouilles, veut faire croire n'importe quoi à qui l'écoute. Toute l'ironie du peintre pour exprimer la crédulité de l'observateur est puisée ici dans l'usage d'une expression populaire associée à la représentation de la face ébahie et benoîte de l'homme. Ainsi, la niaiserie feinte du Berger déclamant « Bée ! » à chaque question posée par le Juge dans *La Farce de Maître Pathelin* trouve son écho dans l'image du sot peint par Jérôme Bosch.

Si, dans la pièce de théâtre, le Berger rusé parvient finement à tromper, en jouant le simple d'esprit, celui qui ne s'y attendait pas, à savoir Maître Pathelin lui-même, la situation est bien différente pour le badaud du tableau. Celui-ci, hypnotisé par l'agilité du magicien, se laisse dépouiller de sa bourse sous le regard du public : le voici trompé, pour avoir été trop naïf.

L'œuvre peinte, comme la pièce de théâtre, nous avise des risques de la fourberie. Savoir rester vigilant et droit, voilà qui peut aider à demeurer dans le chemin enseigné par la religion et éviter d'être dupé par plus rusé que soi. La sottise de l'homme est associée au péché religieux.

… l'importance donnée au costume au détriment de l'être…

Les témoins de la scène nous ramènent, par la diversité de leur apparence, à la thématique qui sous-tend l'intrigue de la farce : l'importance de l'habit. « Nos vêtements sont élimés jusqu'à la trame, et nous sommes bien en peine de savoir comment nous pourrions en avoir », déclare Guillemette. Ce à quoi Maître Pathelin rétorque que ceux « qui sont vêtus de velours et de satin » peuvent se prétendre avocats « mais il ne le sont point pour autant ». Voilà qui est dit sur l'apparence trompeuse et sur l'importance donnée au costume au détriment de l'être profond. Sous couvert d'une amorce humoristique visant à dénoncer tout homme fier et menteur de son état, la pièce délivre ici un message moralisateur. Le public doit, au-delà du rire, réfléchir à sa condition dans la société.

Chez Jérôme Bosch, les individus sont pris dans leur ensemble afin d'incarner un groupe social. Le nigaud est vêtu d'une ample robe rouge ceinturée et coiffé d'un bonnet brun sur un large voile de toile : l'ambiguïté quant au sexe du personnage est cultivée par l'artiste qui associe un costume féminin (le dessin *L'Escamoteur* conservé au musée du Louvre montre une femme dans le rôle de la dupe) à un physique plutôt viril. Cette volonté du peintre de tromper notre regard sur le sexe du personnage joue avec l'idée qu'il ne faut pas se fier à l'apparence, tout en admettant que, sur ce point, hommes et femmes sont à égalité.

Derrière le trompé, un homme usant avec perfidie de son costume religieux joue le comparse du bateleur et vole la bourse du benêt. Celle-ci est tenue à la ceinture par une cordelière et pend à côté d'une clé bien mystérieuse si l'on considère la configuration de son panneton (partie de la clé qui entre dans la serrure) en demi-lune. Comment ne pas rebondir alors sur l'idée qu'il s'agit là d'un tableau à énigme ? Peut-être est-ce une représentation moqueuse du chanoine Jean Molinet, réputé pour ses prétentions littéraires et qui aurait eu maille à partir avec Jérôme Bosch.

… le méchant tour qui se déroule sous leurs yeux…

Dans le public groupé derrière les deux personnages, le peintre campe des représentants de ce que pourrait être la société brabançonne de son époque. On peut voir un couple vêtu comme des patriciens : la femme coiffée d'une barrette à plumes et d'un voile transparent est l'objet d'une attention toute particulière de la part de son compagnon. Celui-ci, élégant, lui témoigne de la tendresse en l'enveloppant de son bras droit, tandis que sa main gauche semble lui indiquer le méchant tour qui se déroule sous leurs yeux : « Et ne riez point ! […] Il nous faut tous deux garder notre sérieux. » La complicité du couple répond en écho à celle de Guillemette et Pathelin. Discrets sur ce qui se joue en leur présence, l'homme et la femme du tableau sont par leur réserve en quelque sorte complices du bateleur et de son compère.

D'autres semblent jouer sur le même registre : l'homme tout de vert vêtu, la face rieuse, celui coiffé d'une toque brune qui, les yeux fermés, se résout à ne rien laisser paraître, et enfin les deux visages masculins qui examinent la scène, l'air de rien. Seule la religieuse, le visage ceint d'une guimpe et d'une mentonnière blanche, à l'expression de mépris qu'elle affiche, semble se permettre un jugement sur la scène.

En contrepoint à ce groupe d'adultes se trouve un

enfant moqueur. Sa présence contribue à la mise en scène de l'expression médiévale : « Qui se laisse séduire des jongleurs, perd son argent et devient la risée des enfants. » Ce goût des proverbes se retrouve de façon récurrente d'ailleurs dans l'œuvre de Bosch, comme en témoigne notamment *Le Concert dans l'œuf* (musée des Beaux-Arts, Lille) qui illustre un grand nombre de dictons.

… Cette idée de progression dans la supercherie…

L'ensemble des spectateurs ainsi dépeints permet d'établir un lien avec le public potentiel de *La Farce de Maître Pathelin.* On imagine la foule rire aux jeux de scène de Pathelin, délirant dans son lit ou s'amusant de l'ignorance du Juge. Par ses rebondissements et la découpe en trois temps de l'intrigue (le vol du drap, le délire de Maître Pathelin et l'apparition du Berger), la pièce s'inscrit dans un registre grave qui utilise le comique à des fins didactiques. Tous les acteurs ne sont pas coupables en même temps ni de la même façon, ce qui permet à l'action de progresser et à la morale de se dévoiler peu à peu tandis que la tromperie passe de l'un à l'autre. Cette idée de progression dans la supercherie se manifeste aussi dans le jeu des « muscades et gobelets ». Plus de deux siècles après Bosch, Jacques Ozanam décrit dans l'ouvrage *Récréations mathématiques et physiques* l'escamotage d'une muscade avec les douze manipulations de gobelets, visant à appâter davantage le badaud. À l'instar de la pièce de théâtre et de ses rebondissements, on sent l'importance du rythme dans le tour de magie du tableau. Chaque rebondissement théâtral correspond à un tour de passe-passe et aboutit, au final, au plus vil des péchés humains : la tromperie.

… un regard désabusé sur un monde en proie au mal…

Pathelin, pauvre et faible, triomphe du Drapier, riche et fort, grâce à son habileté à utiliser les mots. Cette aptitude à manier la langue fait de Pathelin tantôt un être fourbe tantôt un habile avocat, et l'assimile d'une certaine façon au monde des conteurs ambulants, saltimbanques ou bonimenteurs des places urbaines. Du statut d'homme inscrit dans la cité, il devient alors l'égal des marginaux dépréciés par l'Église qui les considérait comme des perturbateurs de la société et de l'ordre du monde. Le menteur, le rusé, celui qui escamote la vérité comme une muscade sous un godet, est alors assimilé au fou. La folie telle que l'entend la période médiévale revêt deux aspects : celui que nous connaissons de la démence mentale, mais aussi celui de l'inaptitude à suivre la parole divine pour se perdre dans les troubles des sens et de l'esprit. Cette conduite a pour effets : orgueil, adultère, avarice, curiosité… C'est de cette folie que Jérôme Bosch entend nous faire prendre conscience à travers son œuvre tout entière.

La pensée humaniste qui commence à prévaloir en ce début de XVIe siècle voit chez le sage une attitude qui vise à la modération, y compris sur le plan matériel : ni pauvreté, ni gaspillage, ni désir irrésistible de richesse ou de possession. Celui qui ne saurait y parvenir, et qui privilégierait les biens terrestres plutôt que célestes, serait un braillard, un mauvais payeur, un menteur, un trompeur tout comme Pathelin serait un fou. Le magicien du tableau, à l'image de l'époux de Guillemette, devient ainsi une sorte de représentation symbolique de ce que tout humain contient en soi : une part de jeu et de fourberie qui permet de piéger autrui jusqu'à le faire courir à sa perte.

Isolé à la gauche du tableau, cet escamoteur porte l'attribut du mal : une chouette dans un panier pendu à sa taille. Elle symbolise en effet chez le peintre le mal, la crainte de la lumière (équivalent de la connaissance) et la sottise. Ainsi, l'escamoteur qui n'est autre que le diable en personne trompe les malheureux qui sont les dupes, en permettant à son complice de les voler. Jérôme Bosch porte un regard désabusé sur un monde en proie au mal. Il nourrit sa peinture de ses contemplations et méditations sur la foi pour illustrer la société dans ce qu'elle contient de pire et de meilleur. En parfaite résonance avec l'atmosphère intellectuelle de son pays et de son époque, le peintre semble vouloir souligner que la crédulité peut, dans son excès, mener à l'hérésie. Le doigt que l'homme élégant tend sur le buste de la femme vêtue de rouge peut s'inscrire alors comme une mise en garde adressée au spectateur du tableau.

... le rire devient vecteur de réflexion...

De la vision du tableau, comme de la lecture de la farce, ressort l'importance d'un contexte matériel lié à l'argent. L'or justifie la fourberie, sans pour autant être jamais exposé aux yeux du spectateur. On le situe dans une bourse en cuir brun ou on en parle : « À vingt-quatre sous l'une, les six font neuf francs. » Il est l'élément qui justifie toutes les vilenies humaines dont le monde souffre et on le retrouve dans l'œuvre peinte comme dans la pièce de théâtre. Au-delà de toute morale chrétienne, chacune des œuvres tente à sa façon de démontrer que l'individu doit être pleinement conscient du choix qui est le sien entre le Bien et le Mal.

L'usage de l'ironie et du comique dans les deux œuvres mises en correspondance permet de tracer une ligne de conduite que tout homme est invité à suivre, pour peu qu'au-delà de l'amusement il ait fait preuve d'esprit critique. Utilisé ici comme outil, le rire devient vecteur de réflexion.

Peint à l'orée du XVIe siècle, *L'Escamoteur* de Jérôme Bosch est l'une des premières scènes de genre de la peinture européenne. Elle est à différencier de la peinture d'histoire, du portrait, du paysage ou de la nature morte. Ce nouveau type de composition picturale, dont le tableau illustre parfaitement la construction, s'appuie sur une scène de la vie quotidienne qui bien souvent est enrichie d'un arrière-plan proverbial ou moralisateur.

Aujourd'hui, cette œuvre frappe par sa modernité, par l'usage qu'elle fait de l'humour et de la critique sociale. La peinture de Jérôme Bosch comme *La Farce de Maître Pathelin* osent marier le réalisme à la causticité pour délivrer une réflexion intemporelle. Chacune de ces œuvres défend le statut de l'artiste grâce auquel il devient possible de tout exprimer. Tel le fou médiéval ou le bouffon, le créateur, l'auteur ou l'acteur, le peintre a la liberté de parole. En cela son rôle social et symbolique est fondamental pour maintenir un certain équilibre dans la société, quelle que soit l'époque.

Le texte

en perspective

Gabriella Parussa

Vie littéraire

Le théâtre au Moyen Âge

L'APPELLATION « MOYEN ÂGE » désigne une très longue période qui va de la chute de l'Empire romain d'Occident (476) jusqu'à la prise de Constantinople par les Turcs (1453), mais pour ce qui est de la littérature en langue française on se réfère plutôt à la période qui s'étend du XIᵉ siècle à la fin du XVᵉ siècle. *La Farce de Maître Pathelin* se situe donc à l'extrême fin de la période médiévale, juste avant la Renaissance. La littérature médiévale regroupe un nombre assez élevé de textes de genres différents qui ont été composés pendant environ cinq siècles : c'est comme si on utilisait un seul et même terme pour désigner la production littéraire depuis Ronsard jusqu'à nos jours !

Le XVᵉ siècle connaît une série de guerres, dont la plus sanglante fut probablement la guerre contre les Anglais, commencée au siècle précédent, que l'on appelle la guerre de Cent Ans. Ces guerres et ces affrontements se terminent cependant par la reconquête de certains territoires (Normandie, Guyenne), ou l'annexion d'autres à la Couronne (Picardie, Bourgogne). Les villes connaissent alors un essor extraordinaire et plusieurs villes de France comme Rouen, Lyon ou Bordeaux se peuplent et se développent sur le plan géographique, immobilier, économique et culturel. Ce siècle connaît également des progrès dans plusieurs domaines : celui de la gestion des finances, celui de l'économie en général avec le développement d'activités commerciales, celui des techniques, en particulier dans les domaines de la métallurgie, de l'imprimerie et de la production textile.

Cette période fut donc plus heureuse que la précédente. En effet, pendant le XIVe siècle et au début du XVe siècle, les habitants du territoire qui correspond à peu près à celui de la France actuelle avaient vécu plusieurs épidémies de peste extrêmement meurtrières et le début de la guerre de Cent Ans (1337 à 1453), sans compter les guerres civiles pendant la crise du pouvoir royal au début du XVe siècle. Mais malgré une paix relative, une croissance économique et des progrès techniques dans beaucoup de domaines, les règnes de Louis XI et de Charles VIII furent aussi des périodes de disette, de famine et de difficultés pour les classes sociales défavorisées. *La Farce de Maître Pathelin*, comme de nombreuses autres farces d'ailleurs, se fait l'écho des problèmes économiques qui touchent aussi bien les paysans que les petits bourgeois des villes et met en scène les affrontements sociaux entre un homme instruit, mais qui n'a jamais obtenu de véritable diplôme, un commerçant enrichi, qui ne pense qu'à accumuler de l'argent, et un berger sans instruction qui vole pour assurer sa subsistance. La fin du Moyen Âge connaît des bouleversements sur le plan social et politique : d'un côté on voit se dessiner la perte d'autonomie des nobles par rapport au pouvoir royal, de l'autre on assiste à l'essor d'une nouvelle catégorie de riches commerçants.

1.

À chacun son lieu

1. *Théâtre et religion*

Au Moyen Âge, il n'existe pas de lieu spécifique pour la représentation d'une pièce. Les théâtres romains ont été désaffectés ou détruits depuis long-temps et l'on joue le plus souvent sur la place publique, voire à l'intérieur, dans les grandes salles des palais ou dans les couvents et monastères. L'activité théâtrale sur laquelle nous sommes le mieux documentés est celle qui a eu lieu à l'intérieur des églises et des couvents. On connaît de nombreuses pièces en latin, surtout celles qui ont été représentées par des religieux ou des religieuses à partir du XIIe siècle. Il s'agit de pièces de sujet religieux, étroitement liées à la cérémonie, des drames liturgiques qui mettent en scène les épisodes les plus importants de la vie du Christ et d'autres personnages bibliques. On a conservé des textes destinés à la représentation que l'on a appelés « drames liturgiques » à cause du lien étroit qu'ils entretiennent avec la liturgie : le jeu que l'on mettait en scène le jour de Pâques, le jeu de la Nativité du Christ (pour la semaine de Noël), le jeu des Rois (à l'Épiphanie), etc.

2. *Le théâtre de la vie quotidienne*

Mais à côté de ces drames composés et représentés dans un contexte ecclésiastique, il existait aussi une activité théâtrale urbaine, en langue française, liée parfois à des confréries de métier. Ces textes dramatiques étaient certes encore composés autour de thématiques religieuses, mais on possède également des pièces qui échappent à cette idéologie et qui font une large place à des thèmes profanes et à la vie quotidienne. Les premiers textes en langue française qui nous sont parvenus datent du XIIIe siècle et ont été composés dans le même cadre : la ville d'Arras, une ville importante à cette époque, riche et très active sur le plan culturel. Ces premiers jeux en français mettent en scène des personnages de la vie quotidienne : marchands, étudiants, médecins, bergers, membres du clergé, mais aussi un saint, saint Nicolas qui accomplit des miracles (*Le Jeu de saint Nicolas* de Jean Bodel), et des fées (*Le Jeu de la feuillée* d'Adam de la Halle). *Le Jeu de Robin et de Marion* raconte les divertissements d'un groupe de bergers, confrontés à la violence d'un chevalier qui veut obtenir les faveurs de Marion, la belle bergère. Mais la grande époque du théâtre urbain, religieux et profane, se situe à la fin du Moyen Âge et au tout début de la Renaissance. Le XVe siècle voit, en effet, une floraison tout à fait extraordinaire du théâtre urbain, aussi bien du point de vue du nombre de pièces composées et représentées que de la diffusion géographique du phénomène performatif. Partout en France, on compose des mystères qui mettent en scène la vie des saints patrons d'une ville, des apôtres ou de la Vierge, des passions qui racontent la vie du Christ, mais apparaissent aussi de courtes moralités, voire des farces. C'est dans ce contexte favorable qu'a été composée et mise en scène *La Farce de Maître Pathelin*.

2.

Comédiens et public

1. *Quelle pièce pour quel public ?*

Il est difficile de définir précisément la composition du public du théâtre médiéval, tout comme il est presque impossible de cerner la typologie de l'acteur à l'époque qui nous intéresse. Les situations sont tellement différentes d'une ville à l'autre et d'un genre à l'autre que toute généralisation risque de nous éloigner de la vérité. Malheureusement pour nous, la documentation sur l'activité théâtrale n'a pas été conservée. Il nous reste quelques comptes des dépenses engagées par une ville donnée pour la mise en scène d'une pièce (c'est le cas de Mons, de Châteaudun, de Romans), ou bien les registres des comptes des princes comme Charles d'Orléans ou René d'Anjou. Nous connaissons donc imparfaitement les caractéristiques de la vie théâtrale dans les villes, dans les châteaux princiers ou dans les monastères. Ce que nous pouvons cependant affirmer, c'est que les situations peuvent se révéler très différentes et varier selon le contexte : la ville, le commanditaire, le public. Dans certains cas, la représentation avait lieu dans un monastère ou dans un couvent, un milieu fermé certes, mais auquel parfois les laïcs pouvaient avoir accès. Pour le théâtre urbain de la fin du Moyen Âge, on peut affirmer que c'était une collectivité (confrérie, conseil municipal, congrégation religieuse) qui décidait de mettre en scène un mystère de saint ou de la Passion. Cette représentation était donc destinée à un public large ; aussi bien aux nobles qu'aux bourgeois de la ville, à tous ceux qui avaient les moyens de payer une entrée.

2. *Les joueurs*

Généralement, c'étaient les notables de la ville, nobles et bourgeois, ainsi que les membres du clergé, qui participaient personnellement à la représentation et jouaient les personnages du mystère. La ville tout entière mais aussi les habitants des villes voisines venaient ensuite assister au spectacle qui pouvait durer entre quelques heures et plusieurs jours. Pour le théâtre des farces et des sotties (pièces de satire politique, ou d'actualité, qui présentent la société comme composée de fous), la situation paraît légèrement différente : nous avons retrouvé la trace de joueurs par personnages dans les registres du XIVe siècle, mais aucune mention explicite à une compagnie professionnelle n'est faite. On pense pourtant aujourd'hui que des groupes de joueurs ont existé et qu'ils ont sillonné le pays en représentant des pièces comiques, faciles à monter sur des tréteaux improvisés au milieu de la place du marché ou dans la cour d'un palais. On sait aussi que certaines farces et surtout des sotties étaient jouées par des écoliers de l'université et des jeunes clercs de justice réunis dans une association qui avait pour nom la Basoche.

Le théâtre urbain, surtout celui des mystères, est vite devenu un moyen de communication privilégié pour les autorités, un médium, dirait-on aujourd'hui, apte à assurer la cohésion d'une collectivité et à lui faire partager les mêmes idéaux, les mêmes croyances. Pour la farce, l'intention est plutôt comique ou satirique : on suscite le rire du public en mettant en scène la vie quotidienne des contemporains.

3.
Farcir ou farcer ?

1. *Aux origines de la farce*

Qu'est-ce qu'une farce ? Les érudits et les spécialistes de la littérature dramatique se sont interrogés sur l'étymologie de ce mot et ils ont trouvé deux réponses : d'un côté, la farce semble être née comme intermède à l'intérieur d'un long mystère, donc comme un genre littéraire qui farcit, qui vient se placer au milieu comme une farce, au sens culinaire. C'est le cas par exemple de la farce qui s'insère dans le *Mystère de saint Fiacre*, et qui sépare la vie du saint de la mise en scène des miracles, accomplis par l'entremise de Fiacre en faveur de tous ceux qui viennent prier devant ses reliques. Pour d'autres spécialistes, au contraire, il faut rattacher le mot « farce » au verbe « farcer », c'est-à-dire « tromper, jouer des tours à quelqu'un ». La farce dériverait son nom de son fonctionnement même, de sa structure : elle serait la mise en scène d'une tromperie.

2. *De la description de la farce*

Quoi qu'il en soit, une farce est une pièce assez courte, cinq cents vers environ en moyenne, en octosyllabes à rimes plates, qui met en scène un nombre limité de personnages (cinq ou six tout au plus) et aborde des thèmes de la vie quotidienne. La farce doit susciter le rire des spectateurs, c'est la raison pour laquelle les thèmes choisis sont souvent liés à la vie du couple — adultères, disputes, problèmes liés à l'autorité dans le ménage — ainsi qu'à la vie sociale : commerce, relations entre les diverses catégories sociales. La farce tourne en ridicule les vices des hommes et des femmes de cette époque : paysans, bourgeois, prêtres, étudiants, etc. Parmi ces vices prévalent l'avarice, la luxure, l'hypocrisie et le mensonge. Le mécanisme le plus souvent employé par les auteurs dévolus à ce genre pour dénouer l'intrigue est celui de la ruse et de la tromperie ; l'un des thèmes fondamentaux est, en effet, celui du trompeur trompé, exactement comme dans *La Farce de Maître Pathelin.*

Les auteurs de farces s'inspirent non seulement de faits de la vie quotidienne, mais aussi et très souvent d'œuvres littéraires comme les fabliaux (courts récits en vers qui circulaient à partir du XIIIe siècle), les recueils de nouvelles en prose venant d'Italie (comme le *Décameron*), les facéties et, plus rarement, les fables inspirées d'Ésope. Toute une série de récits brefs qui pouvaient fournir, avec leur intrigue ou par leurs personnages, le point de départ pour la composition d'une farce. En passant de la narration à la représentation, toutefois, une série de modifications se révèlent nécessaires pour que la farce garde sa brièveté et sa capacité de démontrer une vérité (par exemple, le fait que les trompeurs finissent presque toujours par être trompés). Au niveau de l'intrigue, des ajustements sont donc nécessaires pour réduire le nombre de personnages, pour concentrer l'action en un ou deux lieux tout au plus et pour donner une certaine efficacité dramatique. La farce s'inspire parfois, comme nous l'avons vu, de la littérature écrite, mais le plus souvent elle est issue d'une tradition orale, transmise par des générations de professionnels comme les jongleurs, les bateleurs et les joueurs de farces, justement, dont parlent certains documents. La mimique, les gestes, l'intonation sont parfois aussi importants que le texte lui-même.

La Farce de Maître Pathelin, comme nous aurons l'occasion de le souligner plus loin, représente pourtant une des exceptions par l'importance qu'elle accorde au texte et la complexité de sa construction : sonorités, jeux de langage, répétitions, etc.

L'écrivain à sa table de travail

Une farce anonyme

LA FARCE DE MAÎTRE PATHELIN est un texte anonyme, composé probablement entre 1460 et 1470, sans qu'il soit possible à l'heure actuelle d'être plus précis. Le cas de *Pathelin* n'est pas unique. Il n'est pas rare que l'on ne connaisse pas le nom de l'auteur d'une œuvre médiévale, même si celle-ci a remporté un grand succès. Il suffit de penser, par exemple, au *Roman de Renart*, aux grands cycles en prose de la Table ronde, à la plupart des fabliaux ou bien aux nombreux mystères, farces et moralités qui demeurent pour nous des œuvres sans auteurs.

Les textes du Moyen Âge, jusqu'à l'invention de l'imprimerie vers le milieu du xve siècle, circulaient sous forme de manuscrits : ils étaient copiés à la main sur des cahiers de parchemin ou de papier, reliés ensuite sous forme de livres. Pendant de nombreuses années après la parution des premiers imprimés, on a continué à copier des textes à la main, parce que le manuscrit était considéré comme plus précieux et plus apte à la conservation. *La Farce de Maître Pathelin*, dont le texte a commencé à être diffusé vers les années 1476-1477, est arrivée jusqu'à nous sous ces deux formes de manuscrit et d'imprimé. Nous possédons aujourd'hui trois manuscrits qui contiennent cette pièce et une trentaine d'imprimés publiés à Lyon, à Paris ou à Rouen, à partir de 1485 jusqu'à 1550 environ. Si on en juge par le nombre des éditions, on peut affirmer que la pièce eut un succès certain auprès des lecteurs de l'époque et ce pendant environ soixante-dix ans, un vrai best-seller de la fin du Moyen Âge.

Il est nécessaire de rappeler une caractéristique des textes médiévaux en général et de la littérature théâtrale en particulier, même si on ne pourra pas l'analyser dans le détail : il existe des différences importantes entre une édition et l'autre ou entre un manuscrit et un imprimé. Le texte n'est jamais fixé une fois pour toutes, il peut subir des modifications : coupures, ajouts, interpolations, modifications de certaines répliques, etc.

Le texte que vous lisez dans ce volume est la traduction en français moderne du texte contenu dans l'édition parisienne de Pierre Levet, parue en 1490.

Au moment où notre auteur compose *Pathelin*, une tradition dramatique comique existe certainement déjà, nous avons vu qu'il y avait des joueurs de farces, que des intermèdes comiques étaient insérés dans les mystères religieux et que, dès le XIIIe siècle, on a composé des pièces à tonalité comique qui ne sont pas des farces mais qui ont des sujets profanes.

Pour ce qui est de la farce en particulier, les textes qui nous sont parvenus sont tous postérieurs à *Pathelin*, mais cela ne signifie pas forcément que ce genre n'avait pas encore vu le jour. Il semblerait qu'une activité théâtrale ait existé bien avant cette date, mais que les textes n'ont pas été conservés parce qu'ils étaient appris par cœur et copiés dans le seul but de constituer le répertoire d'une troupe, peut-être sur des cahiers indépendants, des manuscrits d'usage courant non destinés aux bibliothèques.

1.

Pathelin, une farce originale ?

1. *Une simple machine à rire ?*

Ce qui frappe d'emblée, quand on compare *La Farce de Maître Pathelin* avec d'autres farces, c'est la longueur de cette pièce : elle fait mille six cents vers octosyllabiques environ, alors qu'une farce médiévale ne compte que cinq cents vers en moyenne. C'est pour cette raison que certains spécialistes du théâtre médiéval ont préféré attribuer à cette farce le titre de comédie, en considérant que la pièce est le premier exemple français de ce genre nouveau, dans lequel s'illustrera Molière plus de cent ans après.

La Farce de Maître Pathelin est donc une farce atypique par sa longueur, mais aussi par la richesse de l'intrigue. Au lieu de raconter une simple histoire de tromperie — un avocat trompe un drapier en lui volant du tissu —, on ajoute une deuxième intrigue, liée à la précédente : un berger que le drapier assigne devant la justice réussira à s'en sortir et à tromper en plus Pathelin, l'avocat qui l'a défendu contre le drapier. Les échos d'une intrigue à l'autre sont nombreux et la construction de la pièce en devient bien plus complexe que celle des autres farces composées à la même époque.

Mais cette farce étonne aussi par la richesse du vocabulaire utilisé : des mots et expressions qui ont

souvent un double sens, l'un concret et l'autre
métaphorique, des mots qui se ressemblent par
leur sonorité mais qui désignent des réalités bien
différentes. La variété des rimes et des échos
sonores internes témoigne également d'une véritable recherche stylistique de la part de l'auteur,
manifestement cultivé, bon poète et excellent dra-
maturge. Ainsi cette farce n'est pas une simple
machine à rire et s'oppose aux définitions les plus
courantes que l'on a données de la farce médiévale.
Il ne s'agit pas d'un dispositif servant à provoquer
l'hilarité du public et dont le texte aurait beaucoup
moins d'importance au fond que les gestes et les
mimiques des acteurs. Dans *La Farce de Maître Pathe-*
lin, la forme que prend le texte revêt une importance toute particulière et contribue à la production
du sens, ce qui est le propre de tout texte littéraire.

2. *Une satire déguisée*

La thématique choisie par l'auteur permet aussi
d'isoler *La Farce de Maître Pathelin* par rapport à la
production farcesque de l'époque qui était souvent
centrée autour de thèmes scabreux, érotiques ou
scatologiques. Les farces mettent en scène le plus
souvent les malheurs d'un couple, plus souvent d'un
mari cocu, ou se moquent de la bêtise de l'un des
personnages. La ruse semble être au centre de la
majorité des intrigues farcesques, même si elle ne
suffit pas à elle seule à caractériser toute la production de l'époque. Or, *Pathelin* est certes le récit
d'une ruse réussie, mais il y a beaucoup plus, dans
cette pièce, que l'exaltation du génie d'un homme.
On y trouve la critique de l'avarice et de l'orgueil

et, par conséquent, la satire des marchands et des avocats, même si l'auteur semble plutôt porter un regard désabusé sur la nature humaine en général. Tous les personnages participent à cette entreprise de tromperie généralisée, même le Berger et Guillemette. Quant au Juge, tout en étant étranger aux ruses et aux combines des trois hommes venus devant lui, il ne donne pas une image flatteuse de la justice. Il est pressé et se préoccupe davantage de ne pas perdre son temps précieux que de faire son métier. Par son jugement final, d'ailleurs, il acquitte les deux vrais coupables. Le public peut-il donc avoir confiance dans cette façon bien particulière de rendre la justice ? D'une façon plus générale, cette farce offre l'image d'un monde où seul l'argent domine et semble avoir remplacé toutes les autres valeurs.

De plus, notre pièce fait une utilisation très modérée des procédés typiques de la farce qui constituent le support de certaines intrigues comiques : les coups de bâton, les gestes incontrôlés, les déguisements, des situations somme toute plutôt cocasses. Bien que ces comportements suscitent assez facilement le rire du public, l'auteur de *Pathelin* semble préférer des situations plus originales et inédites. Dans son délire, Pathelin prononce rarement des mots choquants ou des obscénités : on trouve, à un seul moment dans la pièce, une allusion assez discrète à l'urine et aux excréments. La parole ici se déchaîne non pas pour dire ce qui est normalement interdit, mais afin de produire un renversement de la réalité et une distorsion de la vérité. Malgré l'absence de ces éléments typiques du théâtre comique, rien ne nous empêche d'imaginer qu'un bon acteur de farce

aura su tirer parti des mimiques et des gestes exagé-
rés qu'il connaissait bien et qui faisaient rire le
public. Il est vrai aussi que rien dans le texte n'est dit
à ce sujet de façon explicite : les didascalies sont
absentes dans la version originale, transcrite par
Michel Rousse, et rares dans les autres témoins
imprimés et manuscrits.

2.

La langue

1. *La langue comme tromperie*

Les critiques les plus attentifs n'ont pas manqué
de relever aussi l'importance de la langue comme
moyen de la tromperie, mais aussi comme instrument de pouvoir social. Personne ne manie aussi
bien le langage que Pathelin, d'ailleurs le verbe
« pateliner » désigne en moyen français le fait de
savoir tromper et flatter par des paroles menson-
gères. À ce langage qui est pouvoir, le pauvre Berger
— qui ne sait pas manier la parole aussi bien que
l'Avocat et le Drapier — opposera donc un simple
cri de bête, ce *bée* qui lui permettra de tirer son
épingle du jeu et de contrecarrer les pièges tendus
par les autres.

Cette particularité, c'est-à-dire l'articulation autour
de jeux de langage, est le propre de *La Farce de
Maître Pathelin*, mais aussi de beaucoup d'autres farces
françaises. Parfois, en effet, ces textes consistent en
une simple dramatisation d'un proverbe ou d'un
dicton et se construisent autour d'un quiproquo lin-
guistique. L'un des personnages, par exemple, com-

prend au premier degré une expression qui a un deuxième sens, et l'intrigue s'articule là-dessus. C'est ce qui arrive au pauvre Drapier qui ne comprend pas l'expression «faire manger de l'oie» — expression dont le sens métaphorique est «tromper quelqu'un» — et pense avoir vraiment été invité par Pathelin à manger de l'oie préparée par Guillemette. De même, quand Pathelin affirme avoir mis de côté de l'argent que ni son père ni sa mère n'ont jamais vu, le Drapier interprète au pied de la lettre les propos du maître et pense qu'il l'a soigneusement caché, alors que Pathelin veut sûrement signifier que ses parents n'ont jamais vu cet argent parce qu'il n'existe tout simplement pas.

Pourtant le Drapier se sert aussi de certaines locutions, comme «il faut rendre ou pendre» ou «prendre des vessies pour des lanternes» qui est encore en usage aujourd'hui en français moderne. Mais souvent, même quand il emploie lui-même une locution ou une expression imagée, il semble ne pas en connaître le second sens, celui qui convient davantage à la situation et que le public identifie immédiatement. Par exemple, quand il dit aller «happer une prune», il pense au sens «faire une bonne affaire, être sur un bon coup», mais le public rit parce qu'il songe à l'autre signification du mot prune, celle de «coup reçu», et imagine donc les coups que le Drapier va recevoir.

2. *La langue comme pouvoir*

Le maître du langage est le héros éponyme de la farce, la scène du délire est un chef-d'œuvre du genre. Elle montre comment on peut utiliser le langage pour empêcher le dialogue et la communica-tion, mais aussi pour faire passer des bribes de phrases qui prennent sens, du moins pour le public, le second destinataire de l'énonciation théâtrale. Les différents dialectes, jargons ou langues utilisés par Pathelin dans son délire dénoncent clairement le pouvoir de la parole qui dit la vérité sous le voile d'une incohérence apparente, mais qui reste un obstacle insurmontable pour ceux qui, comme le Drapier, n'ont pas d'habileté en ce domaine ou sim-plement manquent des connaissances nécessaires. Dans son discours en latin macaronique, Pathelin dit clairement qu'il a trompé le Drapier et com-ment, mais sa victime, aidée par Guillemette, pense qu'il est en train de parler un latin d'Église et de dire ses prières. Même quand il veut flatter le Dra-pier et qu'il prend son air le plus sérieux, Pathelin utilise souvent des mots à double sens ou bien des mots qui en rappellent, par leur sonorité, d'autres bien différents. C'est le cas de *longaine* (dans le texte original), employé pour désigner la longueur du tissu, mais qui évoque aussi les latrines, les excré-ments. La seule arme contre ce pouvoir des forts (les clercs, les avocats, etc.) est le silence, le refus de toute communication verbale.

3.

De la structure de la farce en général à la structure de *La Farce* de *Maître Pathelin*

1. *D'un point de vue formel*

Dans la majorité des farces conservées, l'intrigue est simple et unique. Une situation de crise est résolue à la fin de la farce, au bout de quelques centaines de vers, par un événement fortuit ou par l'habileté de l'un des personnages. Ici, par contre, la structure est plus complexe : deux situations, deux intrigues indépendantes qui se rencontrent et dont ressort un effet comique : le problème entre Pathelin et le Drapier, mais aussi, pour ce même Drapier, la dispute avec son berger, Thibaut. C'est au moment du procès que ces deux intrigues viennent se superposer et le pauvre Guillaume est totalement perdu, ce qui fait rire le public qui, lui, a la possibilité de bien séparer les deux situations et de distinguer le vrai du faux. Nous assistons non seulement à la mise en scène d'une tromperie, mais aussi à la répétition de la tromperie aux dépens du protagoniste, de celui qui est censé être le plus rusé et le plus habile. Le renversement de la situation vient rétablir une sorte d'ordre en punissant le coupable, même si cet ordre n'est qu'accumulation de fourberies. L'image du monde qui en résulte paraît extrêmement négative : ce monde est, en effet, dominé par la ruse et par le désir de l'argent. Il n'y a pas non plus une morale finale explicite, tout le monde est coupable d'une certaine manière : Pathelin qui vole le tissu au Drapier, ce dernier qui pense avoir dupé Pathelin en lui faisant payer son tissu bien trop cher, le Berger qui a effectivement volé des moutons.

2. *Entre réalité et illusion*

La structure un peu plus complexe de cette farce souligne l'importance du thème de l'illusion, du leurre qui fait peut-être aussi référence à l'illusion du jeu théâtral. Guillaume, le Juge et Pathelin lui-même semblent incapables à un moment donné de distinguer la réalité de l'illusion. Les choses se présentent devant leurs yeux de telle façon qu'ils se posent des questions quant à leur capacité d'interpréter ce qu'ils voient : le Drapier se demande s'il a vraiment vu Pathelin à la foire, le Juge s'interroge sur la véracité des paroles des hommes qui comparaissent devant lui et se doute de la comédie qu'on lui joue, tout comme Pathelin, à la fin de la pièce, a du mal à se convaincre qu'il est en réalité la victime d'une tromperie.

C'est précisément cette habileté à créer une illusion, une fiction, que la victime finit par prendre pour la réalité qui caractérise Pathelin. Dans la farce, notre avocat est aidé par Guillemette. Elle participe à cette entreprise en interprétant son rôle à la perfection, exactement comme l'aurait fait un bon acteur de théâtre. Le délire du maître est un moment extraordinaire de théâtre dans le théâtre, où les deux personnages de la farce jouent une comédie destinée à tromper le Drapier et à faire rire le public. Pathelin joue le même rôle de maître en tromperie avec le Berger à qui il apprend le stratagème du *bée* répété sans cesse, exactement comme il l'avait fait avec Guillemette lorsqu'il lui avait montré comment jouer la comédie devant le Drapier.

L'auteur de la farce semble particulièrement apprécier la mise en abyme de l'activité du jeu théâtral et montre aux spectateurs des personnages en train de jouer un rôle à l'intérieur de la pièce. Le héros, rentré chez lui, répète devant Guillemette la scène de la vente à crédit, en reproduisant des bribes de répliques ; ensuite il joue par anticipation la scène du procès, en essayant d'apprendre à Thibaut la tactique à adopter devant le Juge. Le Juge lui-même fera une allusion au jeu théâtral au moment où le Drapier, le Berger et Pathelin échangent des répliques aussi rapides qu'obscures devant lui : « Nous sommes en pleine bouffonnerie avec vous deux. » Toutes ces scènes de théâtre dans le théâtre ont probablement été conçues pour souligner le caractère illusoire d'une réalité que l'on ne peut jamais saisir et que les hommes transforment grâce au langage.

4.

De vrais personnages et non des types

Il suffit d'avoir lu une ou deux farces du Moyen Âge pour saisir immédiatement l'originalité de *La Farce de Maître Pathelin*, notamment quant à la création des personnages. Dans la majorité des farces, les personnages ne sont pas des individus dotés d'un caractère propre, mais plutôt des types, parmi lesquels on peut citer le badin, le naïf, le rustre, le trompeur rusé, le cocu, etc. Ici, les personnages acquièrent d'emblée une plus grande complexité. Tout d'abord, ils ne sont pas monolithiques : ils ne représentent pas simplement un vice ou un défaut, mais sont animés parfois de sentiments contradictoires et montrent leurs faiblesses et leurs craintes. Même si on ne peut pas parler de véritable analyse psychologique des personnages, cette farce révèle aux yeux du public les différentes facettes de la nature humaine et la complexité des êtres. Cela est vrai, naturellement, pour le protagoniste Pathelin, l'avocat imposteur, condamné publiquement, toujours désargenté et très orgueilleux, mais tellement rusé et intelligent qu'il force presque l'admiration. Pathelin est présenté comme un imposteur depuis le début de la farce et, pourtant, il n'est pas un personnage antipathique pour le public. Mais cela vaut aussi pour les autres personnages : Guillemette, animée de bon sens et consciente de la duplicité de Pathelin, accepte néanmoins de participer à la ruse contre le Drapier. Celui-ci n'est pas un simple marchand intéressé et prêt à tromper l'acheteur, il est aussi un jeune naïf qui ne sait pas se faire valoir par la parole, tout comme le Berger Thibaut n'est pas uniquement un paysan inculte et fourbe, mais un homme de condition inférieure qui tire parti des faiblesses des plus puissants que lui.

Groupement de textes thématique

Le trompeur, le manipulateur

LA FARCE DE MAÎTRE PATHELIN est structurée autour de la figure centrale de Pathelin, le protagoniste qui, depuis les premiers vers de la pièce, est qualifié de maître… en tromperie. C'est donc autour de lui que l'intrigue est construite, de lui et de ses exploits, mais aussi de ses déconvenues, parce qu'ici le trompeur est trompé.

Le personnage du trompeur n'est pas propre à la farce, plusieurs autres genres littéraires laissent une place de choix à ce type de personnage, soit pour le critiquer sévèrement et l'exposer au jugement des lecteurs, soit pour exalter son intelligence et ses capacités tout à fait extraordinaires. Pathelin est l'un de ces personnages bien connus du public. Il s'insère dans une lignée de trompeurs apparus avec les contes oraux, et qui ont eu une longue carrière littéraire. Depuis Plaute jusqu'à nos jours, le théâtre aussi bien que le roman ou l'apologue présentent des personnages d'une intelligence supérieure qui vivent en trompant leur prochain, parfois dans un but louable (aider les plus pauvres), le plus souvent pour leur intérêt personnel.

Les textes que nous avons choisis ici proposent différents types de trompeurs ou de manipulateurs.

ANONYME (XIIᵉ et XIIIᵉ siècles)

Le Roman de Renart

Branche IX

(éd. d'Armand Strubel,
« Bibliothèque de la Pléiade »)

C'est un roman en vers octosyllabiques qui raconte les aventures de Renart le goupil et des autres bêtes qui habitent le royaume de Noble le lion. Naturellement, ces animaux représentent la société des êtres humains, avec leurs vices et leurs vertus. Le zoomorphisme sert à parler de façon détournée des travers de la société des hommes et à la critiquer d'autant plus facilement. Le Roman de Renart est un des livres les plus lus et les plus copiés au Moyen Âge. Il est divisé en plusieurs branches ou épisodes qui circulaient à l'époque parfois séparément. Voici la branche IX de ce roman, où figure l'épisode de Tiécelin le corbeau trompé par Renart le goupil, épisode auquel Guillemette fait allusion dans La Farce de Maître Pathelin.

Il [Renart] découvre, perché au-dessus de lui, Tiécelin, son compère depuis belle lurette, qui tient le bon fromage entre ses pattes, et pour commencer l'apostrophe ainsi : « Par les saints du ciel, qui vois-je là ? Que Dieu vous accorde le salut, mon cher compère ! Paix à l'âme de votre bon père, maître Rohart, qui savait si bien chanter ! Maintes fois je l'ai entendu se glorifier d'être en la matière le champion de France ; vous-même, quand vous étiez jeune, vous avez passé votre temps et fait de grands efforts pour essayer ! Avez-vous jamais eu des talents de musicien ? Chantez donc une ritournelle ! » Tiécelin, entendant ces flagorneries, ouvre la bouche et pousse un cri. Renart dit alors : « Voilà qui est

bien fait ! quel progrès ! d'ailleurs, si vous le vouliez,
vous pourriez monter d'une octave ! » Et l'autre,
qui se flatte de chanter, se remet aussitôt à brailler.
«Mon Dieu, dit Renart, comme votre voix s'éclair-
cit, comme elle devient nette ! Si vous évitiez de
manger des noix, vous chanteriez le mieux du
monde ! Chantez encore une autre fois ! » Le corbeau veut prouver sa supériorité au chant, et il s'y
est remis derechef. Il s'égosille de toute la force de
sa voix, si bien que, sans en avoir conscience, car il
est tout entier à ses efforts, sa patte droite desserre
sa prise et le fromage tombe par terre, directement
devant les pieds de Renart. Le coquin brûle du
désir de le manger, sa gourmandise le met sur les
charbons ardents, et pourtant il n'en touche pas
une miette, car il a l'intention encore, si la chose
peut se faire, d'attraper Tiécelin.

Nicolas MACHIAVEL (1469-1527)
La Mandragore (1518)

(éd. d'Edmond Barincou,
«Bibliothèque de la Pléiade »)

Cette comédie en prose fut composée par Nicolas Machia-
vel et imprimée et représentée entre 1518 et 1520. Sorte de
caricature de la société florentine, La Mandragore fus-
tige la morale de la bourgeoisie naissante. L'intrigue est la
suivante : le riche bourgeois un peu naïf, messer Nicia,
marié à une jeune et belle femme, Lucrezia, désespère de
pouvoir un jour avoir des enfants. Ligurio, un homme
très rusé, lui propose d'aller voir un médecin de renom
international. Celui-ci s'avère être l'ami de Ligurio, Calli-
maco, qui est éperdument amoureux de la femme de messer
Nicia. La scène que nous proposons ici est le dialogue
entre messer Nicia et Ligurio, ce dernier lui ayant conseillé
de se rendre aux bains pour guérir la stérilité de son
couple. Cette scène met en évidence l'étroitesse d'esprit et la

paresse du riche bourgeois ainsi que la ruse du trompeur Ligurio, qui prépare une farce aux dépens du crédule Nicia.

NICIA : Je crois que tes conseils ne sont pas mauvais, et j'en ai causé hier soir avec ma femme. Elle m'a dit qu'elle me donnerait réponse aujourd'hui ; mais, à te parler franchement, je n'y vais pas de bon cœur.

LIGURIO : Pourquoi ?

NICIA : Parce que je ne m'écarte pas volontiers de mon gîte. Et puis, transplanter femme, valets, bagages, cela ne me va pas ; sans compter qu'ayant parlé hier soir à plusieurs médecins, l'un m'a dit d'aller à San Filippo, l'autre à la Porretta, l'autre à la Villa[1]. Veux-tu que je te dise ? tous ces gens-là m'ont la mine d'être des buses, et ces docteurs en médecine ne savent rien de rien.

LIGURIO : Ce n'est pas là ce qui vous gêne, c'est ce que vous m'avez dit d'abord : ça ne vous va pas de perdre de vue la coupole du Duomo.

NICIA : Tu ne sais ce que tu dis : quand j'étais plus jeune, j'étais un coureur fieffé ; il ne se faisait pas une foire à Prato que je n'y allasse ; il n'y a pas un château aux environs que je n'aie visité ; et je te dirai bien plus : j'ai été à Pise et à Livourne, moi qui te parle.

LIGURIO : Vous avez donc vu la Carrucola de Pise ?

NICIA : Tu veux dire la Verrucola[2] ?

LIGURIO : Ah ! oui, la Verrucola. Et à Livourne, avez-vous vu la mer ?

NICIA : Si je l'ai vue ! tu le sais bien.

LIGURIO : Cela est-il bien plus grand que l'Arno[3] ?

---

1. Tous ces endroits se trouvent en Toscane, pas très loin de Florence.
2. C'est un jeu de mots. La Verrucola est une pointe de montagne, dont le nom vient du latin *verruca* (verrue), alors que *carrucola* désigne en italien une sorte de poulie.
3. On voit bien ici que Ligurio se moque de la naïveté de Nicia, qui pense vraiment avoir été un grand voyageur.

NICIA : Bon ! plus de quatre fois, plus de six, plus de
sept, Dieu me pardonne ! Figure-toi qu'on ne voit
que de l'eau, et puis encore de l'eau, et puis toujours de l'eau.
LIGURIO : Eh ! vraiment je m'étonne que vous, qui
avez tant roulé votre bosse, vous fassiez si grand
embarras d'une promenade aux bains.

(acte I, scène 2)

Jean de LA FONTAINE (1621-1695)

Fables (1668-1694)

(« Folioplus classiques » n° 34)

Voici maintenant l'histoire que nous avons lue dans le
Roman de Renart *racontée par Jean de La Fontaine, au*
XVIIᵉ *siècle. La Fontaine, en se fondant sur une tradition
ancienne, les fables ou apologues ésopiques, composa plusieurs recueils de fables qui eurent un grand succès à son
époque et qui lui assurèrent une renommée jusqu'à nos
jours. La fable qui nous intéresse, « Le Corbeau et le
Renard », a paru dans le premier recueil des* Fables, *en
1668.*

Le Corbeau et le Renard

Maître corbeau, sur un arbre perché,
Tenait en son bec un fromage.
Maître renard, par l'odeur alléché,
Lui tint à peu près ce langage :
Et bonjour, Monsieur du Corbeau.
Que vous êtes joli ! que vous me semblez beau !
Sans mentir, si votre ramage
Se rapporte à votre plumage,
Vous êtes le phénix des hôtes de ces bois.
À ces mots, le corbeau ne se sent pas de joie ;
Et pour montrer sa belle voix,
Il ouvre un large bec, laisse tomber sa proie.

Le renard s'en saisit, et dit : Mon bon monsieur,
Apprenez que tout flatteur
Vit aux dépens de celui qui l'écoute.
Cette leçon vaut bien un fromage sans doute.
Le corbeau honteux et confus,
Jura, mais un peu tard, qu'on ne l'y prendrait plus.

MOLIÈRE (1622-1673)

Les Fourberies de Scapin (1671)

(« La bibliothèque Gallimard » n° 4)

Scapin, le valet de Géronte, est un personnage que l'on peut comparer à Pathelin ou à Renart. Rusé, intelligent, plein de ressources, beau parleur, il sait, par les mots, créer une réalité qui n'existe pas et tromper ses interlocuteurs ; il sait flatter et convaincre les gens. Voici un extrait de la pièce composée par Molière, où Scapin vante ses mérites, comme le fait Pathelin devant Guillemette, tout en rappelant aussi au public le douloureux souvenir de ses démêlés avec la justice.

OCTAVE : Ah, Scapin, si tu pouvais trouver quelque invention, forger quelque machine, pour me tirer de la peine où je suis, je croirais t'être redevable de plus que la vie.

SCAPIN : À vous dire la vérité, il y a peu de choses qui me soient impossibles, quand je m'en veux mêler. J'ai sans doute reçu du Ciel un génie assez beau pour toutes les fabriques de ces gentillesses d'esprit, de ces galanteries ingénieuses à qui le vulgaire ignorant donne le nom de fourberies ; et je puis dire, sans vanité, qu'on n'a guère vu d'homme qui fût plus habile ouvrier de ressorts et d'intrigues, qui ait acquis plus de gloire que moi dans ce noble métier : mais, ma foi ! le mérite est trop maltraité aujourd'hui et j'ai renoncé à toutes choses depuis certain chagrin d'une affaire qui m'arriva.

OCTAVE : Comment ? quelle affaire, Scapin ?

SCAPIN : Une aventure où je me brouillai avec la justice.

OCTAVE : La justice !

SCAPIN : Oui, nous eûmes un petit démêlé ensemble.

SILVESTRE : Toi et la justice !

SCAPIN : Oui. Elle en usa fort mal avec moi, et je me dépitai de telle sorte contre l'ingratitude du siècle que je résolus de ne plus rien faire. Baste ! Ne laissez pas de me conter votre aventure.

(acte I, scène 2)

Jules ROMAINS (1885-1972)

Knock ou le Triomphe de la médecine (1923)

(« Classico », Gallimard/Belin n° 10)

Sur le versant plus noir de la ruse de Pathelin, on retrouve d'autres personnages, des trompeurs qui manipulent les gens qui les entourent uniquement dans le but d'obtenir quelque chose : le pouvoir, l'argent, l'amour dont ils ont été privés pour des raisons diverses. Parmi ces manipulateurs rusés, cyniques, totalement dépourvus de scrupules vis-à-vis de la justice ou de la solidarité humaine, nous évoquerons ici Knock, le terrible médecin de Jules Romains, qui, arrivé dans une petite ville de province pour remplacer un médecin qui part à la retraite, réussit à faire croire à tous les villageois qu'ils ont besoin de se faire soigner. La pièce fait ainsi la satire d'une catégorie sociale, les médecins, et annonce la commercialisation de l'acte médical. Knock affirme à plusieurs reprises sa volonté de toute-puissance, son désir de dominer les autres, et la pièce dénonce le pouvoir de persuasion des foules que peuvent avoir certaines personnes.

Elle a quarante-cinq ans et respire
l'avarice paysanne et la constipation.

KNOCK : [...] C'est vous qui êtes la première, madame ? *(Il fait entrer la dame en noir et referme la porte.)* Vous êtes bien du canton ?

LA DAME EN NOIR : Je suis de la commune.

KNOCK : De Saint-Maurice même ?

LA DAME EN NOIR : J'habite la grande ferme qui est sur la route de Luchère.

KNOCK : Elle vous appartient ?

LA DAME : Oui, à mon mari et à moi.

KNOCK : Si vous l'exploitez vous-même, vous devez avoir beaucoup de travail ?

LA DAME : Pensez, monsieur ! dix-huit vaches, deux bœufs, deux taureaux, la jument et le poulain, six chèvres, une bonne douzaine de cochons, sans compter la basse-cour.

KNOCK : Diable ! Vous n'avez pas de domestique ?

LA DAME : Dame si. Trois valets, une servante, et les journaliers dans la belle saison.

KNOCK : Je vous plains. Il ne doit guère vous rester de temps pour vous soigner ?

LA DAME : Oh ! non.

KNOCK : Et pourtant vous souffrez.

LA DAME : Ce n'est pas le mot. J'ai plutôt de la fatigue.

KNOCK : Oui. Vous appelez ça de la fatigue. *(Il s'approche d'elle.)* Tirez la langue. Vous ne devez pas avoir beaucoup d'appétit.

LA DAME : Non.

KNOCK : Vous êtes constipée.

LA DAME : Oui, assez.

KNOCK, *il l'ausculte* : Baissez la tête. Respirez. Toussez. Vous n'êtes jamais tombée d'une échelle, étant petite ?

LA DAME : Je ne me souviens pas.

KNOCK, *il lui palpe et lui percute le dos, lui presse brusquement les reins* : Vous n'avez jamais mal ici le soir en vous couchant ? Une espèce de courbature ?

LA DAME : Oui, des fois.

KNOCK, *il continue de l'ausculter* : Essayez de vous rappeler. Ça devait être une grande échelle.

LA DAME : Ça se peut bien.

KNOCK, *très affirmatif* : C'était une échelle d'environ trois mètres cinquante, posée contre un mur. Vous êtes tombée à la renverse. C'est la fesse gauche, heureusement, qui a porté.

LA DAME : Ah oui !

                                                    (acte II, scène 4)

Groupement de textes stylistique

La fête du langage

LE JEU AVEC LE LANGAGE, notamment les doubles sens des mots et des expressions, est l'un des ressorts principaux du comique dans *La Farce de Maître Pathelin*. Comme tout texte dramatique, la farce met en œuvre le principe de la double énonciation : un personnage s'adresse à un ou plusieurs personnages sur scène, mais il s'adresse aussi et en même temps aux spectateurs qui deviennent les deuxièmes destinataires de son énoncé. Ainsi, Pathelin envoie au Drapier des piques ou se moque de celui-ci, en sachant que seul le public comprend le sens caché des mots qu'il profère. Pathelin n'est pas le seul protagoniste d'une pièce de théâtre à profiter des possibilités qu'offre le langage pour manipuler, tromper, égarer, étonner son interlocuteur, les extraits qui suivent jouent des mêmes codes. Beaucoup d'auteurs dramatiques, en effet, se sont servis des diversités de registres, des langues régionales, pour caractériser leurs personnages ou pour susciter le rire du public. À l'époque moderne, et surtout au xxᵉ siècle, les auteurs ont davantage insisté sur l'ambiguïté propre au langage, sur les difficultés de la communication ou sur le langage comme moyen de pouvoir.

1.

La création d'une réalité imaginaire

MOLIÈRE (1622-1673)

Les Fourberies de Scapin (1671)

(« La bibliothèque Gallimard » n° 4)

Dans Les Fourberies de Scapin, *le protagoniste sait non seulement inventer des ruses pour tromper les autres, mais aussi manier le langage de façon à créer l'illusion d'une réalité qu'il a lui-même inventée. Ici, Scapin fait croire à Géronte, enfermé dans un sac, qu'il y a des hommes qui veulent le tuer. Pour que Géronte croie à ce mensonge, Scapin est obligé d'imiter les manières de parler de chacun de ces spadassins.*

SCAPIN : Cachez-vous. Voici un spadassin qui vous cherche. *(En contrefaisant sa voix.)* « Quoi ? Jé n'aurai pas l'abantage dé tuer cé Géronte, et quelqu'un par charité né m'enseignera pas où il est ? » *(À Géronte de sa voix ordinaire.)* Ne branlez pas. *(Reprenant son ton contrefait.)* « Cadédis, je lé trouberai, sé cachât-il au centre dé la terre. »
[…]

> *Après un long discours, Géronte est roué de coups et Scapin fait semblant de voir arriver un autre spadassin, un Suisse, cette fois-ci.*

« Parti ! moi courir comme une Basque, et moi ne pouvre point troufair de tout le jour sti tiable de Gironte ? » Cachez-vous bien. « Dites-moi un peu fous, monsir l'homme, s'il ve plaist, fous savoir point où l'est sti Gironte que moi cherchair ? » Non, Monsieur, je ne sais point où est Géronte. « Dites-

moi-le vous frenchemente, moi li fouloir pas grande
chose à lui. L'est seulemente pour li donnair un
petite régale sur le dos d'une douzaine de coups de
bastonne, et de trois ou quatre petites coups d'épée
au trafers de son poitrine. »

(acte III, scène 2)

2.

Le réalisme

MOLIÈRE (1622-1673)

Monsieur de Pourceaugnac (1669)

(« Folio classique » n° 996)

*Dans cette comédie, représentée pour la première fois à la
cour en 1669, Molière met en scène un gentilhomme venu
de la province à Paris, Monsieur de Pourceaugnac. Ce
dernier souhaite se marier avec la jeune Julie. Il incarne le
personnage de la dupe parfaite et tout au long de la pièce
est entouré de trompeurs qui veulent à tout prix empêcher
son mariage. On fait d'abord croire, à lui et à son entou-
rage, qu'il est malade, ensuite on le dit, en secret, accablé
de dettes et, pour finir, on l'accuse d'être marié, bigame
même, et père de plusieurs enfants. Dans l'une des scènes
les plus amusantes, on voit apparaître une femme qui
feint de venir de Pézenas et qui parle languedocien, et une
autre qui dit venir de Saint-Quentin et qui imite le parler
picard. Les deux viennent accuser Pourceaugnac d'être
leur mari et de les avoir abandonnées après avoir eu des
enfants.*

NÉRINE : Ah ! Je n'en pis plus, je sis tout essoflée !
Ah ! finfaron, tu m'as bien fait courir, tu ne m'éca-
peras mie. Justice, justice ! je boute empêchement

au mariage. Chés mon mery, Monsieur, et je veux faire pindre che bon pindard-là.

MONSIEUR DE POURCEAUGNAC : Encore !

ORONTE : Quel diable d'homme est-ce ci ?

LUCETTE : Et que boulés-bous dire, ambe bostre empachomen, et bostro pendarié ? Quaquel homo es bostre marit ?

NÉRINE : Oui, Medeme, et je sis sa femme.

LUCETTE : Aquo es faus, aquos yeu que soun sa fenno ; et se deû estre pendut, aquo sera yeu que lou faray penda.

NÉRINE : Je n'entains mie che baragouin-là.

LUCETTE : Yeu bous disy que yeu soun sa fenno.

NÉRINE : Sa femme ?

LUCETTE : Et yeus bous sousteni yeu, qu'aquos yeu.

NÉRINE : Il y a quetre ans qu'il m'as esposée.

LUCETTE : Et yeu set ans y a que m'a preso per fenno.

NÉRINE : J'ay des gairents de tout ce que je dy.

LUCETTE : Tout mon païs lo sap.

NÉRINE : No ville en est témoin.

LUCETTE : Tout Pezenas a bist nostre mariatge.

NÉRINE : Tout Chin-Quentin a assisté à no noce.

[...]

MONSIEUR DE POURCEAUGNAC : Voilà deux impudentes carognes !

LUCETTE : Beny, Françon, beny, Jeanet, beny toustou, neny, toustoune, beny fayre beyre à un payre dénaturat la duretat qu'el a per nautres.

NÉRINE : Venez, Madelaine, me n'ainfain, venezves-en ichy faire honte à vo pére de l'impudainche qu'il a.

JEANET, FAUCHON, MADELAINE : Ah ! mon papa, mon papa, mon papa !

(acte II, scène 8)

3.

La caricature

Georges FEYDEAU (1862-1921)
Le Dindon (1896)
(« Folio théâtre » n° 71)

C'est vraisemblablement en 1895 que Feydeau composa ce vaudeville, mis en scène au Palais-Royal l'année suivante. Il est question, comme d'habitude, d'adultères, de tromperies de toutes sortes et de quiproquos qui suscitent le rire du public. Ici, Crépin Vatelin, avoué parisien, est surpris par l'arrivée de Maggy Soldignac, une ancienne maîtresse anglaise, qu'il avait fréquentée lors d'un séjour en Angleterre. Voici leur rencontre dans le cabinet de l'avocat.

MAGGY, *arrivant derrière lui et lui donnant deux gros baisers sur les yeux. Accent anglais très prononcé* : Oh, my love !

VATELIN, *ahuri, se levant* : Hein ! Qu'est-ce que c'est ? *(Reconnaissant Maggy.)* Madame Soldignac ! Maggy ! Vous !

MAGGY : Moi-même.

VATELIN : Vous ! Vous ici ! mais c'est de la folie !

MAGGY : Pourquoi ?

VATELIN : Eh bien ! et Londres ?

MAGGY : Je l'ai quitté.

VATELIN : Et votre mari ?

MAGGY : Je amené loui ! Il vené pour affaires à Paris !

VATELIN, *retombant sur la chaise* : Allons bon !… Mais qu'est-ce que vous venez faire ?

MAGGY : Comment ! ce que je vienne faire ! Oh ! ingrate ! oh ! you naughty thing, how can you ask me what I have come to do here. Here is a man for whom I have sacrified everything, my duties as a wife, my conjugal faithfulness…

VATELIN, *se levant et voulant l'interrompre* : Oui… oui…

> *Il va écouter à la porte de sa femme.*

[…]

Qu'est-ce que vous voulez ?

MAGGY : Qué je veux ? Il demande qué je veux ! Mais je veux… vous !

VATELIN : Moi !

MAGGY : Oh, yes ! parce que je vous haime toujours, moâ ! Ah ! dear me ! pour trouver vous, j'ai quitté London, j'ai traversé le Manche qui me rend bien malade… j'ai eu le mal de mer, j'ai rendu… j'ai rendu… comment disé ?

VATELIN : Oui ! oui. Ça suffit ! Après ?…

MAGGY : No, j'ai rendu l'âme, mais ce m'est égal !… Je disei ! Je vais la voir, loui… et je souis là, pour houitt jours.

> *Elle s'assied.*

VATELIN, *tombant sur un siège* : Huit jours ! Une semaine !… Vous êtes là pour une semaine ?

MAGGY : Oh ! oui, une semaine tout pour vous… Ah ! disez moâ vous me haimez encore !… Pourquoi vous avez pas répondu mes lettres ?… Je disais déjà : « Oh ! mon Crépine, il me haime plus ! » Oh ! si, vous haimez moâ !… ô Crépine ! tell me you love me !

VATELIN, *se levant* : Mais oui ! mais oui !

> (acte I, scène 13)

4.

Les limites du langage

Bertold BRECHT (1898-1956)

La Résistible Ascension d'Arturo Ui (1941)

(trad. d'Armand Jacob, L'Arche)

Brecht écrit cette pièce en 1941, alors qu'il se trouve en Finlande, après avoir quitté l'Allemagne nazie. Il s'agit d'une sorte de parabole pour expliquer l'arrivée au pouvoir d'Adolf Hitler, représenté ici sous les traits d'Arturo Ui. Le tableau qui suit est un procès mascarade contre un certain Fish, accusé d'avoir mis le feu à des entrepôts. En réalité, Fish est innocent. Il a été drogué avant le procès afin de ne pouvoir se défendre devant le juge. Nous retrouvons donc le thème de la communication empêchée de La Farce de Maître Pathelin. Pourtant, la situation est ici différente dans la mesure où Fish n'a pas délibérément choisi de ne pas parler.

GORI, *criant*

C'est lui l'individu dont la main criminelle
A mis le feu. Lorsque je l'ai interpellé
Il serrait contre lui un bidon de pétrole.
Debout, quand je te cause ! Alors ? Debout ! j'ai dit.

> *On fait lever Fish. Il vacille sur ses jambes.*

LE JUGE : Accusé, reprenez vos esprits. Vous vous trouvez devant un tribunal. Vous êtes accusé d'incendie volontaire. Pensez à ce que vous risquez.

FISH, *balbutiant* : Areu. Areu.

LE JUGE : Où vous êtes-vous procuré les bidons de pétrole ?

FISH : Areu.

> *Sur un signe du juge, un médecin
> habillé avec une élégance voyante et
> à la mine ténébreuse se penche sur
> l'accusé, puis échange un regard avec
> Gori.*

LE MÉDECIN : Simulation.

LE DÉFENSEUR : La défense demande une contre-expertise médicale.

LE JUGE, *souriant* : Demande rejetée.

LE DÉFENSEUR : Comment se faisait-il, monsieur Gori, que vous vous soyez trouvé sur les lieux lorsque l'incendie a éclaté dans l'entrepôt de monsieur Hook et réduit vingt-deux maisons en cendre ?

GORI : Je faisais une promenade digestive.

> *Quelques gardes du corps éclatent
> de rire. Gori s'associe à leur hilarité.*

LE DÉFENSEUR : Savez-vous, monsieur Gori, que l'accusé Fish est chômeur, et que, le jour précédant l'incendie, il était arrivé à pied à Chicago, où il n'était jamais venu précédemment ?

5.

Du côté de l'absurde

Eugène IONESCO (1909-1994)

La Leçon (1951)

(« Folio théâtre » n° 11)

> *La pièce fut composée en 1950 et représentée l'année sui-
> vante au théâtre de Poche. Durant cette leçon, le professeur
> devient de plus en plus agressif. Ici aussi le langage est un*

élément essentiel, non pas comme moyen de communication,
mais comme moyen de pression et de domination d'un être
par un autre. Le langage est ici l'instrument d'un « viol »
de la conscience de l'élève. « La philologie mène au pire. »
Et le professeur finira par violer et tuer réellement son élève.
Par son emploi totalement incongru de la langue, Ionesco
désoriente le public, déjoue ses attentes et suscite le rire.

LE PROFESSEUR : Bien, continuons. Je vous dis continuons… Comment dites-vous, par exemple, en
français : « les roses de ma grand-mère sont aussi
jaunes que mon grand-père qui était asiatique » ?

L'ÉLÈVE : J'ai mal, mal, mal aux dents.

LE PROFESSEUR : Continuons, continuons, dites
quand même !

L'ÉLÈVE : En français ?

LE PROFESSEUR : En français.

L'ÉLÈVE : Euh… que je dise en français : « les roses
de ma grand-mère sont… ? »

LE PROFESSEUR : « Aussi jaunes que mon grand-
père qui était asiatique… »

L'ÉLÈVE : Eh bien on dira, en français, je crois :
« Les roses… de ma… » comment dit-on « grand-
mère », en français ?

LE PROFESSEUR : En français ? « Grand-mère ».

L'ÉLÈVE : « Les roses de ma grand-mère sont aussi…
jaunes », en français, ça se dit « jaunes » ?

LE PROFESSEUR : Oui, évidemment !

L'ÉLÈVE : « Sont aussi jaunes que mon grand-père
quand il se mettait en colère. »

LE PROFESSEUR : Non… « qui était a… »

L'ÉLÈVE : « … siatique »… J'ai mal aux dents.

LE PROFESSEUR : C'est cela.

L'ÉLÈVE : J'ai mal…

LE PROFESSEUR : Aux dents… tant pis… Continuons !
À présent, traduisez la même phrase en espagnol,
puis en néo-espagnol…

L'ÉLÈVE : En espagnol… ce sera : « Les roses de ma
grand-mère sont aussi jaunes que mon grand-père
qui était asiatique. »

LE PROFESSEUR : Non. C'est faux.

L'ÉLÈVE : Et en néo-espagnol : « Les roses de ma grand-mère sont aussi jaunes que mon grand-père qui était asiatique. »

LE PROFESSEUR : C'est faux. C'est faux. C'est faux. Vous avez fait l'inverse, vous avez pris l'espagnol pour du néo-espagnol, et le néo-espagnol pour de l'espagnol... Ah... non... c'est le contraire...

L'ÉLÈVE : J'ai mal aux dents. Vous vous embrouillez.

Chronologie

Pathelin et les farces françaises

IL EST DIFFICILE de retracer les origines du théâtre en langue française car nous pouvons y inscrire les pièces qui ont été imprimées ou copiées et dont nous possédons des exemplaires, mais nous ne savons rien ou presque de l'activité théâtrale avant la date des premières impressions. Nous possédons uniquement des documents d'archives qui témoignent de la présence de farceurs ou joueurs de farces dans les cours princières ou royales : celles par exemple de Charles d'Orléans, René d'Anjou ou Charles VI. Une tradition comique existe pourtant bel et bien, même si nous n'en avons gardé aucune trace écrite. *La Farce de Maître Pathelin* n'est donc pas la première farce française, mais elle est la première à avoir été imprimée et à être parvenue jusqu'à nous.

1.

Les écrits restent...

La période la plus favorable à la publication des farces fut certainement le début du xvie siècle

jusqu'à 1560 environ, avec les imprimés de Trepperel, comme l'indiquent les dates des derniers textes
réunis dans les recueils que nous avons conservés.
Plus tard, la farce semble beaucoup moins intéresser
les lecteurs. Les imprimeurs n'en rééditent presque
plus. Cela ne signifie pas que les farces ne sont plus
représentées, au contraire nous savons que l'on
continue de les mettre en scène sur les places
publiques ou dans les foires, et ce jusqu'au XVIIᵉ siècle,
avec des bateleurs et des bonimenteurs devenus
célèbres comme Tabarin, par exemple. C'est ainsi
que se noue le lien entre la comédie de Molière et la
farce médiévale.

Les dates de la farce

1460 (environ)   Composition de *La Farce de Maître
Pathelin*.

1476-1477   Début de la diffusion de la farce
sous forme manuscrite. Quatre manuscrits ont été conservés, dont le plus ancien
serait le manuscrit Bigot, conservé à la
Bibliothèque nationale de France.

1485-1486   Premier imprimé de *La Farce de
Maître Pathelin*, qui ne porte aucune indi-
cation d'imprimeur, de lieu ou de date.
On sait cependant que le Lyonnais Guillaume Le Roy fut le premier à produire
l'édition.

1489-1490   Pierre Levet, imprimeur parisien, fait
sortir une édition de *La Farce de Maistre
Pathelin à V personnages*, avec six gravures
sur bois.

1490   Un imprimé de la farce, dont le texte est
copié sur l'édition de Pierre Levet, sort à
Paris chez Germain Beneaut.

1500-1525 De nombreuses farces sont imprimées à partir de 1500, et le grand recueil
dit « recueil Trepperel », contient quelques
farces publiées à Paris avant 1525. Depuis
le début du XVIᵉ siècle et jusqu'en 1560 on
continue d'imprimer des farces.

1560 Cette date marque la fin de la période la
plus faste pour la farce française, dont
l'essor avait commencé vers 1460, avec
Pathelin justement.

Et au même moment

1431 Le 30 mai de cette année, Jeanne d'Arc
est brûlée vive à Rouen, après un procès
qui a duré trois mois.

1449 Charles VII reprend la Normandie et la
Guyenne aux Anglais (la guerre entre les
deux pays dure depuis bientôt cent ans).

1450-1455 Invention de l'imprimerie par Gutenberg à Mayence en Allemagne (le premier
livre imprimé en français sort des presses
de la Sorbonne en 1470 et les autres
imprimeurs parisiens publient des livres
en français à partir de 1477).

1453 Prise de Constantinople (l'actuelle Istanbul) par les Turcs : on a souvent fait coïncider cet événement avec la fin de la
période dite du Moyen Âge.

1452 Arnoul Gréban compose le *Mystère de la
Passion* en quatre journées. Ce mystère
sera représenté à Abbeville en 1455.

1455 Jean du Prier compose pour René d'Anjou le *Mystère du roy Advenir*.

1461 Avènement de Louis XI.

1461 Villon écrit le *Testament*.

1482 Traité d'Arras. Par ce traité Louis XI

	obtient que la Bourgogne et la Picardie soient rattachées au domaine royal.
1483	Mort de Louis XI.
1484	Botticelli, revenu à Florence, peint *La Naissance de Vénus*, un de ses tableaux les plus célèbres.
1492	Arrivée de Christophe Colomb en Amérique.
1509	Michel-Ange peint le plafond de la chapelle Sixtine à Rome.
1515	François Ier devient roi de France.
1516	Léonard de Vinci est reçu par le roi de France, François Ier, qui l'installe au Clos Lucé, près d'Amboise.
1539	François Ier signe l'ordonnance de Villers-Cotterêts qui réforme la juridiction ecclésiastique et qui rend obligatoire l'utilisation du français dans tous les actes administratifs et juridiques.
1562	Début des guerres de Religion qui dureront jusqu'à la fin du XVIe siècle.

2.

La critique littéraire de *Pathelin* à partir du XVIe siècle

Nous avons vu que *La Farce de Maître Pathelin* connut un succès extraordinaire dès la fin du XVe siècle : les manuscrits et imprimés conservés témoignent de la diffusion de cette pièce auprès du public de lecteurs. Il paraît donc évident que les représentations de cette farce furent aussi très nombreuses. Dès le XVIe siècle, en effet, les mentions de cette farce dans les œuvres littéraires et dans les textes critiques abondent. Nous savons que Rabelais avait beaucoup apprécié Pathelin car il parle de lui : il en cite des passages presque mot à mot et il s'en inspire pour la création du personnage de Panurge.

L'attitude des critiques est très variable : généralement la farce, ne faisant pas partie des grands genres reconnus et cités dans les arts poétiques, est considérée comme un divertissement populaire indigne de figurer parmi les œuvres littéraires. Molière a été critiqué sévèrement pour avoir utilisé, de temps à autre, les procédés de la farce dans ses comédies. Pourtant, même ceux qui formulaient des jugements très sévères sur la farce médiévale réservaient à *La Farce de Maître Pathelin* un autre sort, ne pouvant contester les qualités d'une pièce si originale. Voici quelques-uns de ces jugements, dans l'ordre chronologique :

> Et puis toutes ces farces badines
> Me semblent estre trop indignes
> Pour estre mises au devant
> Des yeux d'un homme plus sçavant.
> Celuy donc qui voudra complaire
> Tant seulement au populaire,
> Celuy choisira les erreurs
> Des plus ignorans basteleurs.
> (Jacques Grévin, *La Trésorière*, 1550.)

> Je trouvay sans y penser *La Farce de Mastre Pathelin*, que je lue et relue avec tel contentement que j'oppose maintenant cet échantillon à toutes les comédies grecques, latines et italiennes. [...]
> (Étienne Pasquier, *Recherches de la France*, 1560-1581.)

> CELTOPHILE : Avez-vous lu cette farce de bout en bout ? [...] PHILAUSONE : Ouy, mais il y a longtemps. Toutefois, il me souvient encore de plu-

sieurs bons mots et beaux traicts, et de la bonne disposition conjointe avec l'intention gentile, tellement qu'il me semble que je luy fay grant tort en
l'appelant une farce, et qu'elle mérite bien le nom
de comédie.
(Henri Estienne, *Deux dialogues du nouveau langage
françois italianisé*, 1578.)

Laudun d'Ailgaliers, en parlant des farces, affirme :

La matière […] est toute ruse et tromperie de
jeunes gens envers les vieillards, la malice des serviteurs, le larcin des vierges, […], affrontement des
plus rusez, et fraude des serviteurs ou servantes.
(P. de Laudun d'Ailgaliers, *L'Art poétique françoys*,
1597.)

Ouvrages indignes d'estre mis au rang des Poèmes
dramatiques, sans art, sans parties, sans raison et
qui n'estoient recommandables qu'aux maraux et
aux infâmes à raison des paroles deshonnestes et des
actions impudentes qui en faisoient toutes les grâces.
(François d'Aubignac, *La Pratique du théâtre*, 1657.)

Le génie perça cependant quelquefois dans ces
siècles dont il nous reste si peu d'ouvrages dignes
d'estime ; *La Farce de Pathelin* ferait honneur à
Molière. Nous avons peu de comédies qui rassem-
blent des peintures plus vraies, plus d'imagination
et de gaieté.
(Comte de Tressan, article « parade » dans l'*Encyclo-
pédie*, 1767.)

La farce est pleine d'une grossièreté d'un autre
âge, [de] cet esprit éternel de gaieté, quelquefois
profonde et fine, le plus souvent épaisse et obscène,
[les auteurs de ces œuvres ne savent faire que]
l'éloge du cocuage, de la pauvreté, du galimatias,
de la laideur, du silence, du crachat…
(Sainte-Beuve, *Tableau de la poésie et du théâtre français au XVIe siècle*, 1828.)

J'ai hâte d'arriver à ce qu'on peut considérer comme le chef-d'œuvre de la farce, et qui a même, autant que beaucoup de farces de Molière, droit au titre de *comédie*. [...] Cette joyeuse comédie de mœurs et de caractères, la première comédie française, jouit d'une juste et longue fortune. [...] L'unité spirituelle de la pièce, très frappante, réside dans la fourberie des personnages, fourberie si complète, si totale que, si elle ne nous faisait tant rire, elle nous ferait pleurer de l'universelle fourbe qui règne sur le monde.

(Gustave Cohen, *Le Théâtre en France au Moyen Âge*, 1948.)

Éléments pour une
fiche de lecture

Regarder le tableau

- Comptez le nombre de personnages du tableau. Combien regardent le tour de l'escamoteur ? Que regardent les autres ?
- Quelle est la couleur la plus utilisée par Jérôme Bosch ? Est-ce une couleur chaude ou une couleur froide ?
- Énumérez ce que vous voyez dans le tableau qui appartient au monde animal et au monde végétal.

L'espace et le temps

- Quels sont les lieux où se déroule l'action ? Quels éléments textuels ou paratextuels nous fournissent des indications à propos de l'espace et d'une mise en scène ?
- Quelle est la durée de l'action d'après les indices textuels ? Combien de temps peut durer la mise en scène de la farce ?
- Imaginez un plan pour une mise en scène de cette farce.

L'intrigue

- Identifiez les deux intrigues principales et résumez-les.
- Que fait Pathelin pour convaincre le Drapier de lui vendre l'étoffe à crédit ?
- Montrez par quel biais Guillemette parvient à convaincre le Drapier de partir.

Les personnages

- Guillemette est au début de la pièce très critique vis-à-vis de Pathelin, mais ensuite elle devient une aide essentielle pour celui-ci. Montrez comment se produit ce changement.
- Pathelin est appelé « maître » dans cette farce, non seulement parce qu'il se prétend avocat, mais peut-être aussi parce qu'il apprend aux autres l'art de la tromperie. Qui sont ses élèves ?
- Le Drapier est la dupe de Pathelin, mais jamais le public ne peut s'apitoyer sur son sort. Expliquez pourquoi, en citant les mots, les gestes et les attitudes qui font de ce personnage un être plutôt antipathique.

Vocabulaire

- Citez des expressions imagées que Pathelin et les autres personnages emploient et trouvez, à l'aide d'un dictionnaire, le sens concret et le sens figuré de chacune d'elles.
- Le traducteur a essayé de garder la saveur de la langue du XVe siècle en cherchant des équivalents en français moderne pour des mots ou

expressions que l'on pourrait qualifier d'argotiques. Cherchez des exemples et donnez-en une traduction encore plus moderne en utilisant, par exemple, des mots et expressions tirés de l'argot ou simplement du registre familier contemporain. Par exemple, vous pourriez remplacer «nous n'avons pas un sou» par «nous n'avons pas un rond», «laissons là ce bavardage» par «laissons tomber», «toujours à l'ouvrage» par «vous bossez tout le temps». À vous de continuer.

Écriture

• Voici la transposition en français moderne d'une partie du délire de Pathelin. Le traducteur, Darwin Smith, a essayé de rendre les dialectes et les jargons que Pathelin utilise par des langues étrangères que le public moderne peut facilement identifier. Cela entraîne évidemment une modernisation qui va de pair avec des anachronismes, mais le passage y gagne en efficacité dramatique et le public d'aujourd'hui comprend mieux les enjeux de ce long délire. Le traducteur a essayé de respecter une certaine logique dans cette crise : d'abord Pathelin semble s'adresser avec gentillesse au Drapier, comme on le ferait avec une amoureuse, ensuite il l'insulte et l'invite à sortir de la pièce, tout en se moquant de lui, de son avarice ou de sa crédulité. Lisez le passage cité et essayez par la suite de transposer une partie de ce long monologue en une langue étrangère, en un dialecte ou en un jargon que vous connaissez un peu ou que vous souhaitez simplement imiter.

> Come here, dear darling,
> my marvel, my slice.
> Stop ! Out of my way !
> Dead end is your future !
> You sold your « soldes » for gold
> but you're a good gangster !
> My name is Nobody : way out !
> Exit, delete, bye bye ! O.K. ?
> (Darwin Smith, *Maistre Pierre Pathelin. Le Miroir d'Orgueil,* Tarabuste, 2002, p. 285.)

• Dans une des versions manuscrites de cette farce, un auteur inconnu a prévu une continuation et a imaginé que, après son retour de la foire, Pathelin décide d'aller acheter du pain… à crédit et invente donc une nouvelle tromperie aux dépens, cette fois-ci, du Boulanger. Imaginez cette scène et écrivez une nouvelle continuation des aventures du trompeur Pathelin.

Collège

La Bible (textes choisis) (49)

Fabliaux (textes choisis) (37)

Mère et fille (Correspondances de Mme de Sévigné, George Sand, Sido et Colette) (anthologie) (112)

Jean ANOUILH, *Le Bal des voleurs* (113)

Henri BARBUSSE, *Le Feu* (91)

CHRÉTIEN DE TROYES, *Lancelot ou le Chevalier de la Charrette* (133)

CHRÉTIEN DE TROYES, *Le Chevalier au Lion* (2)

COLETTE, *Dialogues de bêtes* (36)

Joseph CONRAD, *L'Hôte secret* (135)

Pierre CORNEILLE, *Le Cid* (13)

Gustave FLAUBERT, *Trois contes* (6)

Wilhelm et Jacob GRIMM, *Contes* (textes choisis) (72)

HOMÈRE, *Odyssée* (18)

Victor HUGO, *Claude Gueux* suivi de *La Chute* (15)

Victor HUGO, *Jean Valjean (Un parcours autour des Misérables)* (117)

Thierry JONQUET, *La Vie de ma mère !* (106)

Joseph KESSEL, *Le Lion* (30)

Jean de LA FONTAINE, *Fables* (34)

J. M. G. LE CLÉZIO, *Mondo et autres histoires* (67)

Gaston LEROUX, *Le Mystère de la chambre jaune* (4)

Guy de MAUPASSANT, *12 contes réalistes* (42)

Guy de MAUPASSANT, *Boule de suif* (103)

MOLIÈRE, *L'Avare* (41)

MOLIÈRE, *Le Médecin malgré lui* (20)

MOLIÈRE, *Les Fourberies de Scapin* (3)

MOLIÈRE, *Trois courtes pièces* (26)

DANS LA MÊME COLLECTION

George ORWELL, *La Ferme des animaux* (94)
Louis PERGAUD, *La Guerre des boutons* (65)
Charles PERRAULT, *Contes de ma Mère l'Oye* (9)
Jacques PRÉVERT, *Paroles* (29)
Jules RENARD, *Poil de Carotte* (66)
Antoine de SAINT-EXUPÉRY, *Vol de nuit* (114)
John STEINBECK, *Des souris et des hommes* (47)
Robert Louis STEVENSON, *L'Étrange Cas du docteur Jekyll et de M. Hyde* (53)
Michel TOURNIER, *Vendredi ou La Vie sauvage* (44)
Fred UHLMAN, *L'Ami retrouvé* (50)
Jules VALLÈS, *L'Enfant* (12)
Paul VERLAINE, *Fêtes galantes* (38)
Jules VERNE, *Le Tour du monde en 80 jours* (32)
H. G. WELLS, *La Guerre des mondes* (116)
Oscar WILDE, *Le Fantôme de Canterville* (22)
Marguerite YOURCENAR, *Comment Wang-Fô fut sauvé et autres nouvelles* (100)
Émile ZOLA, *3 nouvelles* (141)

Lycée

Série Classiques

Écrire sur la peinture (anthologie) (68)
La poésie baroque (anthologie) (14)
Le sonnet (anthologie) (46)
Honoré de BALZAC, *La Duchesse de Langeais* (127)
Honoré de BALZAC, *La Peau de chagrin* (11)
René BARJAVEL, *Ravage* (95)
Charles BAUDELAIRE, *Les Fleurs du mal* (17)
BEAUMARCHAIS, *Le Mariage de Figaro* (128)

DANS LA MÊME COLLECTION

Composition Interligne
Impression Novoprint
à Barcelone, le 22 septembre 2008
Dépôt légal : septembre 2008
ISBN 978-2-07-035811-3/Imprimé en Espagne.

159486